Stephanie I

Alte Hände auf junger Haut

AF191897

Stephanie I. wurde als viertes und jüngstes Kind einer Arbeiterfamilie geboren und musste schon früh lernen, sich gegen drei ältere Brüder zu behaupten. Sie lebt und arbeitet im Saarland, hat eine erwachsene Tochter, einen Sohn und zwei süße Enkelkinder. Das vorliegende Buch basiert auf leidvollen Erfahrungen, die ihren Ursprung bereits in ihrer Kindheit fanden. Namen und Orte wurden aus rechtlichen Gründen anonymisiert.

Stephanie I.

Alte Hände
auf junger Haut

Impressum:

Bibliografische Information der Deutschen Nationalbibliothek:
Die Deutsche Nationalbibliothek verzeichnet diese Publikation in der Deutschen Nationalbibliografie; detaillierte bibliografische Daten sind im Internet über http://dnb.dnb.de abrufbar.

© 2025 Stephanie I.
Illustration: Selina Peter
Mitwirkung, Buchgestaltung: Raimund E.

Verlag: BoD · Books on Demand GmbH,
Überseering 33, 22297 Hamburg, bod@bod.de
Druck: Libri Plureos GmbH,
Friedensallee 273, 22763 Hamburg

ISBN: 978-3-8192-4509-1

Inhaltsverzeichnis

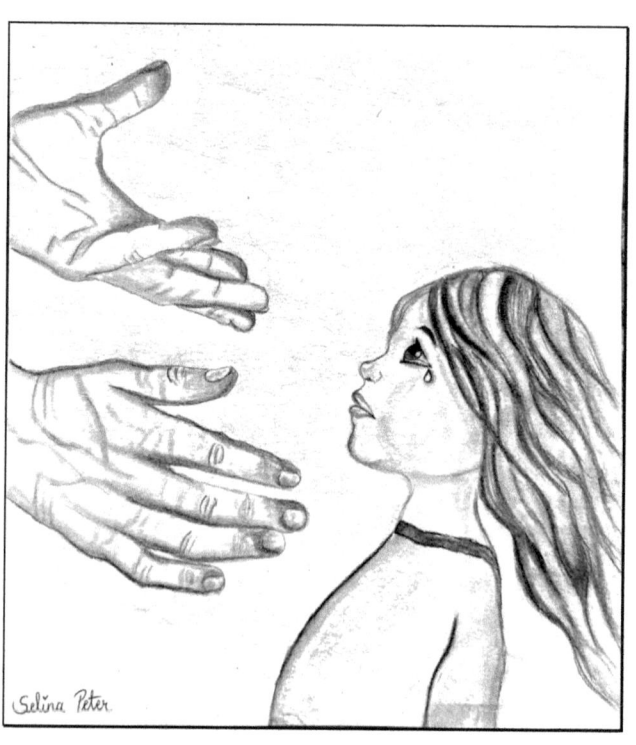

Alte Hände

Alte Hände auf junger Haut ...
scheint in Ordnung, sind ja vertraut
doch warum wird sein Atem so laut?

Dringen vor in Gebiete, die eigentlich versteckt
stoßen in Tiefen, die selbst nie entdeckt ...
bewirken Angst und Schmerz
ein Blick ins Gesicht, nein kein Scherz!

Der Vertraute wird fremd,
der Schrei ist gehemmt.
Der Mund bleibt stumm, ein Nicht-Verstehen
wird sicher gleich vorübergehen.

Doch Jahre später, mit Verstand
Erkennen der Suche dieser Hand.
Verloren die Unschuld, sie liegt im Dreck
geht dieser Schmerz je wieder weg?

Ja, Schmerz geht, Trauer bleibt
auch die alten Hände sind Legende.
Die Tiefen erforscht, die Liebe gelebt
doch wie ein Geist darüber schwebt.

Die Frage: Wann werde ich wieder rein
von Zweifeln, Misstrauen und Urangst sein?
Wo sind die Hände auf meiner Haut
die stillen die Sehnsucht, in der Seele so laut?

Vorwort

Ich bin ein Kind der Sechziger Jahre. Wenn man wie ich aus einer Arbeiterfamilie stammt und sich als Jüngste mit drei älteren Brüdern durchsetzen und seinen Platz finden muss, ist das schon nicht so einfach. Wenn man zudem neben den Eltern noch mit den Großeltern zusammen in einem eigentlich viel zu kleinen Reihenhäuschen zusammen lebt, das Geld immer knapp ist und Urlaubsreisen bestenfalls in schönen Träumen stattfinden, dann prägt einen das allein schon für das ganze Leben.

Man hat gelernt, genügsam zu sein und sich an kleinen Dingen zu erfreuen. Doch wenn einem innerhalb seines Zuhauses das Urvertrauen genommen, das Selbstbewusstsein zerstört und das Leben phasenweise zur Hölle gemacht wird, kann man daran zerbrechen. Oder wie ich zumindest glaube, ein ganzes Leben lang zu heilen versuchen.

In diesem Buch möchte ich über meine Erlebnisse berichten. Sie liegen mittlerweile Jahrzehnte zurück und dennoch fällt es mir bis heute schwer, alles offen zu legen und die immer noch etwas vorhandene Scham zu überwinden. Es ist ein Versuch, all das, was mich seit meiner frühesten Kindheit quält und seelisch belastet, ja, sogar nachhaltig geprägt hat, für den geneigten Leser zugänglich zu machen.

Auch möchte ich damit, wenn das überhaupt möglich ist, den unsäglich vielen anderen Menschen, die Ähnliches oder gar Schlimmeres erfahren haben, etwas Mut machen, darüber zu reden, sich anzuvertrauen und offen damit umzugehen. Das Thema hat leider an Aktualität nicht verloren, wie ich immer wieder feststelle.

Darum auch ein Hinweis an alle, immer wachsam zu sein. Innerhalb der Familie, im sozialen Umfeld und vor allem im Umgang mit kleinen Kindern ein offenes Auge zu haben, was vieles verhindern kann.

Noch ein Wort zur Chronologie der Ereignisse, der ich beim Niederschreiben bewusst wenig Bedeutung beigemessen habe, da es für mich die authentischste Art war, meine Erinnerungen und Gedanken zu dokumentieren, nach all den Jahren.

Stephanie I.

Als sein Geist herabschwebte

Anfang der Achtziger: Ich besuchte die Handels-schule, war fünfzehn und führte meiner eigenen Meinung nach ein sehr kompliziertes Leben. Die Schule selbst bereitete mir dabei die geringsten Probleme, obwohl wir damals noch samstags be-ziehungsweise jeden zweiten Samstag in die Schule mussten. Bedeutete chronischer Schlaf-mangel, ansonsten aber zu bewältigen. Bis auf die Hassfächer Buchführung und Algebra kam ich dennoch ganz gut zurecht.

Eines meiner größten Probleme war damals meine On/Off-Beziehung zu meiner Jugendliebe. Es ging wie so oft zu der Zeit und in dem Alter (wobei ich da schon einer der Ältesten war) um das sagenumwobene Erste Mal.

Irgendwie hatte ich mir vorgenommen, es bis zu meinem 16. Lebensjahr hinzuziehen, da man ab da als Mädchen als sexuell volljährig galt, wie man es damals nannte.

Mein Freund signalisierte Zustimmung. Er würde selbstverständlich Geduld haben, meinte er. Kein Problem, zumindest theoretisch. Aber praktisch beim heftigen Knutschen im überdachten Hof meines Elternhauses innerhalb des stockdunklen verschließbaren Werkzeugschuppens meines Vaters war das nicht mehr ganz so einfach.

Wie in diesem Alter wohl typisch kreiste ich nur um mich selbst und um Dinge, die in meinem Leben genau vor meiner Nase passierten. Alles andere nahm ich nur am Rande wahr. Für mich waren Schule, Freund, Freundinnen schon genug und so anstrengend, da war fast keine Energie mehr für anderes.

Allerdings ging es nicht an mir vorbei, dass mein Stiefgroßvater nach einer OP mit der Diagnose "Da ist nix mehr zu machen, nehmen sie ihn mit nachhause" im Wohnzimmer meiner Großeltern im ersten Stock ein Bett hingestellt bekam, um dort seine letzten Tage bis zum Tod zu verbringen.

Es gehörte nun zu meinen, wenn auch wenigen Aufgaben, mich zu ihm ins Zimmer zu setzen und ihm bei Bedarf zum Beispiel aus der Schnabeltasse etwas zu trinken zu reichen, wenn seine Frau, von allen nur Oma Ria genannt, zum Einkaufen war. Niemand im Haus ahnte damals, was für eine Hölle das jedes Mal für mich war.

Vieles habe ich verdrängt aus dieser Zeit, bewusst oder unbewusst, wie auch immer. In diesen Wochen und Monaten hatte ich Vorahnungen bzw. träumte ich Dinge, die später so eintrafen, wie ich sie in meinen Träumen sah.

Zum Beispiel saß ich gerne vor Unterrichtsbeginn mit Britta, einer guten Freundin, auf dem Mäuerchen, welches den Schulhof säumte. Wir lästerten über die Kids, die vorbeikamen. Wir kicherten oder pöbelten die Schulkameraden an, eigentlich ganz harmlos. Allerdings hatte ich vorher geträumt, was ein Junge darauf antworten würde und ich erschrak heftig, als sich diese Szene exakt wie im Traum abspielte.

Hatte ich die Situation aus meinem Traum bewusst herbeigeführt und die Antwort des Schülers war vorhersehbar? Ich weiß es nicht. Okay, das war recht schnell vergessen, aber dann häuften sich gewisse Dinge, oder soll ich sagen, sie spitzten sich zu?

Meine Stiefoma Ria war wie mein Opa eine starke Raucherin. Auch ich war in diesem Alter bereits dieser Sucht verfallen. Meine Oma war in diesem Fall der Wissensträger und gleichzeitig mein Dealer in unserem Haus. Sie maßregelte mich nicht und ich ging nahezu täglich zu ihr rüber, um heimlich zu rauchen oder schlich morgens in die Küche, wo sie die Vorratsschachtel an selbst gestopften Zigaretten aufbewahrte. Ich hatte eine alte flache Zigarillo Blechdose, die genau 8 Zigaretten fasste, und diese entfernte ich dann zusehends geschickter aus dem pyramidenförmig aufgeschichteten Zigarettenstapel.

Nun träumte ich, dass ich eines Tages zu ihr in die Küche kommen würde, um mich eine kurze Weile auf die Eckbank zu setzen, eine zu rauchen und mit ihr zu reden. In der Realität erzählte sie meistens, was sie alles tun würde, wenn Opa "es endlich überstanden hätte", was ich ziemlich heftig fand, denn keine zwei Meter weg, nur durch eine offenen Durchgang von der Küche getrennt, lag mein Stiefopa in seinem Bett und vegetierte unter Morphium vor sich hin. In meinem Traum allerdings sprang sie vom Stuhl, sah mich aufgeregt an und erzählte mir, dass er aufgestanden und herumgelaufen sei, ich hätte es nur knapp verpasst.

Als ich kurz danach tatsächlich mal wieder zu ihr rüber ging und die Küche betrat, wählte sie fast die gleichen Worte, war nur weniger aufgeregt und sprang auch nicht so auf. Sie sagte aber: „Wärst Du ein paar Minuten früher dran gewesen, dann hättest Du es noch gesehen, Opa war aufgestanden!"

Okay, wieder traf mich der Schlag und ich erschrak bis auf die Knochen ... erst die Szene in der Schule und jetzt auch hier, was stimmte bloß nicht mit mir? Mir lief es eiskalt den Rücken runter, wobei mich fast genauso die heftigen Gefühle in mir schockierten. Ich wollte nicht, dass er aufstand, geschweige denn herumlief oder gar wieder gesunden würde. Um ehrlich zu sein, ich wünschte mir seinen baldigen Tod.

Irgendwann später träumte ich, dass ich nach der Schule nach Hause kommen und unsere Wohnküche betreten würde. Meine Oma würde mit meiner Mutter bei uns auf der Eckbank sitzen, ganz in schwarz gekleidet, und würde in einem Ordner mit Särgen blättern, der auf dem Tisch lag.

Und genau so habe ich tatsächlich vom Tod meines Stiefopas erfahren. Als ich samstags aus der Schule kam, fand ich die beiden in der Küche in einem Sargkatalog blätternd vor. Ich fühlte mich wie hinter einer Glasscheibe, völlig distanziert und vor Schreck erstarrt eine Szenerie betrachtend, die ich so (oder war es im Traum spiegelverkehrt?) bereits kannte. Ich habe keinen Zugang mehr zu meinen Gefühlen von damals, ich weiß nur noch, dass Trauer sicherlich anders aussieht.

Meine Oma ließ meinen Opa zuhause einsargen. Ich stand gerade im Flur und fand es extrem gruselig, als meine Oma ihre Küchentür aufriss und mir zurief: „Wo ist Hella? Die soll noch einmal schauen, bevor die den Sarg schließen."

Sprachlos deutete ich auf die Kellertür, meine Mutter hatte die Waschküche aufgesucht, um die Wäsche zu erledigen. Meine Oma verschwand hektisch redend durch die Kellertür, um sie nach oben zu rufen. Schlagartig fühlte ich mich wie in einem Vakuum, alle Geräusche um mich waren verstummt und die Zeit schien angehalten worden zu sein. Permanent hämmerten die gleichen Worte in meinem Kopf: Nein, ich will ihn nicht anschauen, nein ich will nicht, ich will ihn nicht anschauen! Und dennoch fühlte es sich so an, als würde ich auf einem Transportband stehen, welches mich unweigerlich zu dieser Küchentür hinzog. Mit eisigem Entsetzen hob sich meine Hand wie fremdgesteuert Richtung Türgriff und drückte die Tür mit etwas Schwung auf. Völlig fassungslos nahm ich wahr, wie sich nach Öffnen der Tür der Sarg vor mir aufbaute und ich ihn darin liegen sah, in einem weißen Rüschenhemd, mit auftoupiertem Haar und mit ausgestopften Wangen, die Hände wie zum Gebet gefaltet.

Ein paar Sekunden, oder waren es Minuten, später hörte ich auf einmal wieder Geräusche,

Autos auf der Straße, Oma und Mama lärmend und aufgeregt die Kellertreppe hochkommend, und mir war schlecht.

Ich feierte in diesen Tagen mit meinen besten Freundinnen in unserem "Beatschuppen", einem von meinen älteren Brüdern liebevoll eingerichteten Partyraum im Keller, eine Party zur Feier des Todes meines Stiefopas. Wie meine Familie das fand, darüber dachte ich keine Sekunde nach.

Erst nach seinem Tod schaffte ich es, mich meinen Freundinnen anzuvertrauen, mein dunkelstes Geheimnis zu offenbaren. Endlich fühlte ich mich frei und stark genug. Dieser alte Ekel hatte mich als Kleinkind missbraucht, immer abends in ihrem Wohnzimmer vor dem Fernseher, keine zwei Meter von meiner Oma entfernt, die in der Küche saß, las oder Zigaretten stopfte. Wie alt war ich damals? Vielleicht vier oder fünf? Erst Jahre später, als ich den Film "Zärtliche Cousinen" sah, ausgerechnet auch in diesem Wohnzimmer, wurde mir heiß und kalt und ich verstand, was er mir angetan hatte. Ich fühlte mich fortan schmutzig, nein dreckig und schuldig. Reden darüber konnte ich aber erst, als er tot war.

Mein jüngster Bruder, zwei Jahre älter als ich, hatte sich einen Spaß daraus gemacht, uns zu belauschen. Er hörte meine Geschichte und rannte hoch, um sie meinen Eltern zu erzählen. Mein Vater hatte damals die Gesichtspflege bei seinem Stiefvater übernommen und benutzte zur Rasur ein Rasiermesser. Als ich später nach oben in die Küche ging und realisierte, dass mein Bruder wohl geplaudert hatte, erschrak ich. Die Situation überforderte mich total und ich wusste vor Scham nicht, wie ich mich verhalten sollte.

Mein Vater wusch sich an der Spüle die Hände mit dem Rücken zu mir, und sagte: „Wieso hast Du nie etwas davon gesagt? Ich wäre beim Rasieren dann einfach mal ausgerutscht." Das war´s. Danach wurde nicht mehr mit mir darüber gesprochen, zumindest erinnere ich mich nicht mehr daran.

Mein Leiden hatte aber noch lange kein Ende, ich schlief unruhig, wollte nicht mit auf die Beerdigung und alles nur noch aus meinem Kopf und meinem Herzen verbannen.

Ich erinnere mich lebhaft daran, als meine Mutter mir einen dunkelblauen Pulli hinhielt mit der Bitte, diesen anzuprobieren. Ich sollte ihn auf der bevorstehenden Beerdigung meines Stiefopas tragen. Über meine Aufgaben gebeugt, die ich wie gewohnt am Küchentisch erledigte, äußerte ich erst mehrfach und zornig, sie solle "das Ding" wegnehmen. Ich wollte ihn nicht tragen! Meine Mutter wiederholte ihre Bitte jedoch freundlich aber beharrlich. Meine Reaktion darauf erfolgte dann extrem heftig. Rasend vor Wut entriss ich ihr das Teil, warf es mitten in der Küche auf den Boden. Wie eine Irre schreiend trampelte ich darauf herum, Tränen standen in meinen Augen und ich rief: „Ich hasse dich, ich hasse dich, ich hasse dich!"

Nachdem ich bis zur Erschöpfung darauf rumgetrampelt war, was glücklicherweise nicht allzu lange dauerte, erinnerte ich mich daran, was erwartet wurde und sagte: „Ich ziehe dieses Ding nur ein einziges Mal zur Beerdigung an, dann kannst du es wegwerfen oder verschenken!" So deutlich hatte ich meine Meinung noch nie zum Ausdruck gebracht, auch wenn ich mich den geltenden Konventionen letztlich doch beugte. Wahrscheinlich wollte ich deutlich machen, wie tief verletzt ich war, wollte Reaktionen provozieren, hören, wie meine Familie das empfand, was kurz zuvor erst aufgedeckt worden war. Erstaunlicherweise habe ich außer dem erschrockenen Gesicht meiner Mutter keine Erinnerung mehr daran, was dann geschah.

Innerhalb dieser sehr anstrengenden Zeit hatte ich noch eine letzte gruselige Erfahrung. Diese hat sich für immer und ewig in meine Seele gebrannt. Ich träumte im Bett, auf dem Rücken liegend, dass mein Stiefopa mit ausgestreckten Gliedmaßen in einem langen Leichenhemd auf mich herabschwebte. Seine Haare und das Leichenhemd wehten im Wind, als wenn er über einem Ventilator hängen würde. Er kam mit weit aufgerissenen Augen auf mich zu, ein irres Grinsen im Gesicht. Ich schrie aus vollem Leib und erwachte ... just in dem Moment, als ich die Augen öffnete, stand mein Vater in meinem Zimmer, riss das Fenster auf, schaute hinaus und rief mir zu: „Schätzchen, was ist los? War wer hier? Ist dir was passiert?"

Ich war natürlich heilfroh, nur geträumt zu haben und dass jemand für mich da war, als ich aufwachte. Erst viel später grübelte ich darüber nach, wie es überhaupt sein konnte, dass mein Vater so schnell in meinem Zimmer war? Meine Eltern schliefen im ersten Stock, wir Kinder im zweiten. Mein Vater hatte eine unfallbedingte Gehbehinderung und humpelte. Er musste nach meinem Schrei ja auch erst einmal aufwachen, das Bett umrunden, die Treppe hochjagen, das Zimmer meines Bruders öffnen und dann dahinter liegend erst meine Zimmertür, um einzutreten. Mein Bruder war gerade erst am Wachwerden und hatte nur, sich die Augen dabei reibend ein völlig verschlafenes: „Hey, was is´n los?" rausgebracht.

Seltsam, bis heute glaube ich, dass mein Vater bereits zu mir unterwegs war, bevor ich schrie. Schon während ich diesen schrecklichen Albtraum hatte und diesen bösen Geist spürte.

Das alles ist lange lange her. Zu dieser Zeit und auch für mich noch eine ganze Weile nach diesen Ereignissen beschäftigte ich mich mit den damaligen Trends wie Séancen und anderen diversen Kontaktversuchen ins Jenseits, auf die ich aber an dieser Stelle nicht eingehen möchte. Irgendwann habe ich aufgehört, mich damit zu befassen, mit diesem Unfassbaren, weil man keine Antworten bekommt oder die falschen Fragen stellt. Eine Erkenntnis ist mir jedoch geblieben, dass es nicht nur gute Geister oder Kräfte gibt. Nein, ganz im Gegenteil, und sie haben mir viel Energie in meinem Leben geraubt.

Heute, viele Jahre später, weiß ich nicht, ob ich alles genau so wiedergegeben habe, wie es sich ereignet hat. Man sagt ja immer, dass Erinnerungen einen auch trügen können. Zumindest habe ich es nach besten Wissen und Gewissen versucht.

Ich bin ein hochsensibler und auch spiritueller Mensch, doch selbst wenn es sich nur um Träume und Albträume anstatt um Vorahnungen gehandelt hätte, wären sie äußerst ungewöhnlich. Ich will damit zum Ausdruck bringen, dass ich meine Erlebnisse und Erfahrungen niemals mit irgendwelchen Phantasiegeschichten ausschmücken würde. Diese Geschehnisse haben sich jedenfalls so wie geschildert in meinem Gedächtnis verankert.

Ich bin der festen Überzeugung dass mein kranker Stiefopa, bettlägerig und im Sterben liegend, sehr intensiv an mich gedacht hatte und sich mit einer Art negativen Energie in meinen Kopf, meine Gedanken und auch in meine Träume einschleichen konnte. Ich empfand es wie eine Art von Besessenheit oder negativer Telepathie, welche erst eine Weile nach seinem Tod nachließ. Ich vermag es nicht anders auszudrücken. Vielleicht hat aber auch mein Unterbewusstsein mein Bewusstsein gequält, weil alles in mir hochkam, als er im Sterben lag, weil es mich dazu zwang, alles zu erzählen, als endlich klar war, dass er mir nichts mehr antun kann? Ich weiß es nicht.

Wachstumsschmerzen

Irgendwie hat er es geschafft, wenn ich so weit gehen darf, dass meine ganze Entwicklung, meine Sexualität, mein Selbstwert und infolgedessen mein "unglückliches Händchen" in Sachen Liebe daraus resultierte, ja sogar noch weiteren Missbrauch und Gewalt ermöglichte, was mich noch bis weit ins Erwachsenenleben hinein begleitete und mich durch mein nicht oder wenig vorhandenes Selbstbewusstsein zum idealen Opfer machte. Es war wie ein Fluch. Die Männerwelt, ob privat oder beruflich, schien es nahezu zu riechen. Es schien für diese Sorte toxischer Männer wie ein Banner auf meiner Stirn ablesbar zu stehen: "ideales Opfer, schwach, unsicher, Gelegenheit!"

Gerade in meiner Pubertät mit Ausbildung erster Kurven sagte ich oft zu Mama: „Was stimmt nicht mit mir? Hab ich ein Zeichen auf der Stirn?" Sie lächelte milde, wenn ich mich als Pechvogel darstellte und ihr erzählte, dass mir oft weitaus ältere Männer nachstellten und mir für mich unvorstellbare Dinge sagten, dass mir das alles Angst mache, und meinte nur: „Ich war auch das schwarze Schaf in meiner Familie, einer muss es ja sein, nimm es nicht so schwer!" Dann erzählte sie mir von Ihrer Jugend, als die Männer sie "entdeckten", und dass sie auch so gerne schäkerte und flirtete, aber unglücklich verliebt war, als mein Vater begann, sie zu umwerben. Dass sie ihn anfangs gar nicht wollte, er aber durch seine Hartnäckigkeit schließlich zum Zug kam und sie ihn nicht mehr eintauschen wollte.

Sie hatte mich und meine Leid nicht verstanden. Wie denn auch? Ich erzählte ihr ja schließlich keine näheren Details. Wahrscheinlich stellte sie sich das alles nicht so schlimm vor, nicht so körperlich, übergriffig. Wie selbstverständlich versuchte sie mir anscheinend tatsächlich zu erklären, dass Männer eben "so" sind.

Okay, meine Mutter war ein Kind ihrer Zeit und sie wollte nur das Beste für mich. Mein heutiges Ich empfindet das ganz anders, was sage ich, mein damaliges Ich eigentlich auch. Meine Rebellion gegen diese uralten Regeln hält bis heute an.

Ich lernte aber auch in dieser Zeit, dass ich nicht alleine mit meiner Missbrauchsgeschichte war. Es gab da zwei Schwestern, eine jünger, die andere älter als ich. Sie hatten Ähnliches erlebt.

Ihnen hatte ich mich anvertraut und auch sie hatten sich mir dann ein wenig geöffnet. Dort war es sogar der leibliche Vater, der immer unbedingt eine seiner Töchter zu sich ins Bett holen wollte, wenn er vom Saufen nachhause kam. Was da genau passierte, weiß ich bis heute nicht. Das Unsagbare blieb eben ungesagt, gerade so, als wenn es dadurch vielleicht doch nicht passiert wäre oder weil man es dann vielleicht besser vergessen oder wegsperren könne. Wir waren damals so erzogen, über Sexualität nicht zu sprechen, wir waren gar nicht in der Lage, diese Dinge deutlich zu beschreiben. Doch Traumata wie diese sind wie das Herpes Virus, einmal infiziert kann es still und leise in irgendeiner Nervenbahn ruhen und warten bis einen irgendwas triggert. Eine Geste, eine Stimme, ein Geruch, eine Umgebung. Urplötzlich bricht es dann aus. Irgendwann zwar nicht mehr so heftig, aber immer im Innersten erschütternd, mit immer wieder gleichen Versuchen, diese Attacken durchzustehen. Gedanken wie: *Hör auf, daran zu denken, ist schon zu lange her, interessiert doch keinen mehr!* Versuche ich mich dann selbst zu disziplinieren. *Du hättest auch anders damit umgehen können, dich wehren! Was sagen!* Im Nachhinein ein sinnloses bla bla blubb in meinem Schädel.

Ein Teil von mir hat sich tatsächlich auf das alt sein gefreut. Ich muss nicht mehr „fuckable" sein, oder soll ich sagen, die Gesellschaft gibt mir dieses Prädikat? Traurig genug. Nach jahrelanger harter Arbeit an meinem Schutzpanzer, durchlaufenen Wechseljahren und damit einhergehendem höherem Testosteronspiegel fällt es mir mittlerweile leichter, diese Dinge aufzuschreiben.

Mein Onkel, der mich beim Schreiben unterstützt, meinte letztens: „Du hast einen Kampfanzug an!" Fand das eine sehr treffende Bemerkung. Immerhin nannte er mich nicht Emanze. Dieses Wort ist bei der älteren Generation, noch einer älteren als meine, tatsächlich ein Schimpfwort. Wir Frauen werden eher gerne als pflegeleicht, warm, weich, lächelnd und zugänglich gesehen.

Da ich, wie eingangs schon beschrieben, als jüngstes und einziges Mädchen mit drei älteren Brüdern und Macho-Vater geboren wurde, schien mein kämpferischer Weg nahezu vorgegeben. Erschwerend kommt wohl noch dazu, dass ich im August als Löwe geboren wurde. Dies ist ein nicht allzu ernst zu nehmender Hinweis. Außer darauf, dass ich mit viel Temperament und Energie geboren wurde. Schon als kleines Mädchen wollte ich nicht einsehen, warum ich anders gesehen werden sollte wie meine älteren Brüder oder gar anders bewertet. Ich sollte schmerzhaft lernen, dass diese für mich normale Annahme nicht nur keinen Anklang fand. Es wurde mir mehrfach deutlich gemacht verbal als auch non-verbal, dass ich lernen sollte, mich angemessen zu verhalten, wie es sich für ein braves Mädchen gehörte. Irgendwann erkannte ich, dass ich wohl meiner Zeit Jahrzehnte voraus war.

Guter Opa, böser Opa

Meine Mama, ebenfalls Löwin, war auch spiritu-
ell veranlagt und offen wie ich. Im Zusammen-
hang mit dem Tod ihres Vaters (mein echter Opa)
hatte sie eine Erfahrung ähnlich meiner gemacht.
Nicht nur das, mein Papa hatte diese Erfahrung
parallel gehabt und es ihr bestätigt. Sie sagte, sie
habe damals, als es mit ihm zu Ende ging, im
Krankenhaus gelegen, als Opa ihr erschienen sei.
Er habe ihr über den Kopf gestreichelt und gesagt, er ginge jetzt dahin, wo es keine Schmerzen
mehr geben würde. Papa erzählte, dass er zeitgleich zuhause auf der Couch eingeschlafen sei,
als Opa Erich ihm ebenfalls im Traum erschien
und ihm sagte, er solle nun gut auf „sein Mädchen" aufpassen. Beide hatten sich ihre Erlebnisse später erzählt und die Uhrzeiten verglichen.
Es war tatsächlich zeitgleich passiert, so die Aussage.

Ich habe damals auch oft mit Mama zusammen mit einem so genannten schreibenden Tisch-
chen Verbindung zur geistigen Welt aufgenom-
men. Bei Mama ging es irgendwann sogar soweit,

dass sie „die Geister" alleine anrief und nur einen Kugelschreiber in der Hand hatte. Sie war fest davon überzeugt, dass ihre Hand gesteuert wurde. Zumindest stimmten die auf ihre Fragen geschriebenen Antworten auf einer alten Tapetenrolle nicht ansatzweise mit ihrer Handschrift überein und waren auch oftmals nicht schlüssig oder klar in der Aussage. Ich erinnere mich auch, dass Oma Erna, ihre Mutter, vor ihrem Tod, als sie schon bettlägerig war, einmal laut aufschrie. Als wir in ihr Zimmer kamen, um nach dem Rechten zu sehen, behauptete sie, sie habe den Teufel bei sich auf dem Bett sitzen sehen. Leider hatte ich keine wirklich tiefe Bindung zu ihr, weil sie mich als kleines Kind immer „Dreckmensch" nannte, wenn sie am Arbeiten und ich ihr offenbar im Weg war. „Geh mir aus den Füßen, du Dreckmensch", bekam ich dann oft zu hören. Das hat mich damals tief verletzt und vielleicht deshalb hab ich ihr es nie wirklich verzeihen können. Später habe ich mir gedacht, dass sie wohl eifersüchtig war, weil ich so auf Opa Erich fixiert war, den ich so heiß und innig liebte.

Meine Mutter hatte sich auch lange nach Omas Tod viel Mühe damit gegeben mir zu erklären, warum diese so kalt und herrisch rüberkam. Sie erzählte mir dann von der schweren Kindheit. 1910 geboren und ein hartes Leben über zwei Weltkriege hinweg, mit zahlreichen Entbehrungen und vielen weiteren Herausforderungen. Sie ist 1995 verstorben. Das Erfahrene konnte mich zumindest in meinem Urteil über sie viel milder stimmen. Verständnis konnte ich so zwar aufbringen, aber was mir bis zuletzt missfallen hat war einfach, wie sie mit meiner Mama umging, sie oft verbal anging und zu viel von ihr verlangte. Doch Mama, das schwarze Schaf, erduldete das alles ruhig.

Opa Erichs Tod war mein erster schmerzlich gefühlter Verlust. Meine Großeltern führten damals eine Bäckerei in der Stadt. Immer wenn er aus der Backstube kam und sich in der hinter dem Ladenlokal liegenden Küche setzte, um kurz zu verschnaufen, wollte ich unbedingt zu ihm auf den Schoß. Ich erinnere mich dunkel, dass Oma Erna mich dann immer beschimpft hatte. Opa Erich aber lächelte mich immer an, breitete seine Arme aus und sagte: „Komm nur!"

Auch wenn ich zu ihm in die Backstube durfte und zusehen konnte, wie er den Brotteig bearbeitete, in Laibe aufteilte, mit viel Mehl auf der Arbeitsfläche, verpasste er mir mit seinen mehligen Händen oft lächelnd eine Mehlnase. Ich liebte es zuzusehen, wie er und sein Mitarbeiter mit den riesigen Holzschiebern die Brotlaibe in den heißen Ofen räumten. Mein Opa Erich war immer herzlich warm und lieb zu mir. Einmal hatte er

Plätzchen gebacken, nahm eine Papiertüte, befüllte diese mit den frischen Plätzchen und sagte: „Da mein Schatz, nur für Dich!" Und wieder bekam ich eine Mehlnase und war so glücklich.

Zum Missbrauch durch meinen Stiefopa zuhause muss es in diesem Zeitraum oder schon etwas davor gekommen sein, denn Opa Erich starb, als ich noch keine sechs Jahre alt war.

An eine Szene erinnere ich mich noch recht deutlich, als ich bei meinem Stiefopa in Ihrer Küche auf dem Schoß saß. Der Zugang zu unserem gemeinsamen Balkon war aus der Küche heraus über ein oder zwei Stufen zu erreichen und offen. Wir saßen am kurzen Ende der Eckbank, direkt an diesem Zugang. Er wollte wissen, wen ich denn lieber hätte, ihn oder den anderen Opa. Ich weiß noch, dass ich all meinen Mut zusammennahm und sagte, dass Opa Erich mein Lieblingsopa sei. Sein Gesicht verzerrte sich daraufhin und er öffnete seine Beine, sodass ich abrutsche und hart auf dem Boden aufschlug. „Hau ab!" oder so etwas in der Art bekam ich obendrein zu hören.

Der Missbrauch, also die Gelegenheit dazu, so glaube ich jedenfalls, kam so zustande, dass es damals üblich war, Oma und Opa, die ja im Haus lebten, zur Schlafenszeit aufzusuchen und „Gute Nacht" zu wünschen, inklusive Umarmung und

Küsschen. Es war ein Ritual, allabendlich hieß es: „Jetzt gehen wir rüber zu Oma und Opa, um *Gute Nacht* zu sagen!" Irgendwann hieß es dann von den beiden: „Lass sie doch noch ein wenig Fernsehen schauen", selbstverständlich bei Opa auf dem Schoß. Ich erinnere mich dunkel, dass ich wohl im Innersten wusste, dass da etwas passierte, was ich überhaupt nicht mochte, aber nicht verstand. Unfähig darüber zu reden fing ich irgendwann an zu jammern und zu weinen. Zu Mama sagte ich dann, ich wolle nicht mehr *Gute Nacht* sagen gehen. Sie konnte natürlich nicht verstehen, warum nicht. Kein Wunder, denn ich wäre auch überhaupt nicht in der Lage gewesen, es ihr zu erklären. So kam ich einfach bockig rüber. Irgendwann hatte ich endlich Erfolg und es hörte auf. Selbstverständlich hatte meine Mutter absolut keine Ahnung, was da vor sich ging. Bei Oma Ria habe ich bis heute meine Zweifel. Jahrzehnte später sollte eine weitere unheilvolle Offenbarung wie eine Bombe einschlagen.

Immer, wenn ich an all das denke oder wie jetzt darüber schreibe, flimmern schwarz-weiße Filmchen vor meinem geistigen Auge. Schreckliche Erinnerungen, tatsächlich oft in schwarzweiß. Verrückt, oder?

Erste Liebe und gute Vorsätze

Meine Jugendliebe hatte ich ja schon erwähnt, ebenso meinen Wunsch, so nah wie möglich an mein Vorbild Mama heranzureichen. Mein Papa war ihr erster und einziger Mann im Leben, mit dem sie intim geworden war. Dem wollte ich unbedingt nacheifern.

Es war mitnichten Liebe auf den ersten Blick. Wenn ich zurückblicke war ich eigentlich immer nur verliebt in Jungs, die das nicht mitbekommen haben. Ich war viel zu schüchtern und oft ging diese Schwärmerei auch recht schnell wieder vorüber.

Ich besuchte so ab dreizehn oder vierzehn Jahren einen Jugendtreff bei uns im Dorf, angesiedelt bei der evangelischen Kirche und Teestube genannt. Es waren meistens ein oder zwei Sozialarbeiter als Betreuer vor Ort. Es gab eine Tischtennisplatte, ein Tischfußball, Sitzecken, eine Musikanlage und einfach viele Räume zum Abhängen und Treffen mit anderen Kids. Es gab kleinere Angebote, zum Beispiel war ich eine Zeitlang Mitglied einer Band. Ich sang zusammen mit einem Mädel, ein Junge spielte Gitarre, der Betreuer Gitarre mit Mundharmonika ... Wir hatten ein kleines Repertoire an Liedern von John Denver, Reinhard Mey und noch ein paar Weitere. Manchmal wurden auch Kerzen gegossen, Spaghetti gekocht ... aber meistens hörten wir Musik, quatschten und spielten Tischtennis und Tischfußball.

Damals bekam ich dort auch meinen ersten Zungenkuss, allerdings nicht gerade freiwillig. Ein aus damaliger Sicht enorme zwei Jahre älterer Junge, "Wolle" genannt, zog mich in einen abgedunkelten Raum, während von Pink Floyd "Wish you where here" lief. Er stupste mich auf eine der rumliegenden Matratzen und stopfte mir seine Zunge einfach in den Mund. Ich fand´s eher eklig und sagte es ihm auch. Danach ließ er mich dumm kichernd wieder in Ruhe.

Meine Freundinnen und ich fanden es dort schon sehr sehr spannend, da wir dort auf ältere Jungs trafen. Einige waren sogar schon über achtzehn. Wow, Männer ... in unseren Augen.

Es war ein ständiges Kommen und Gehen, es gab Stammbesucher, aber eben auch viele Neugierige, die nur kurze Zeit blieben. Viele waren bereits mit einem Mofa unterwegs, wir eher noch mit Fahrrädern, meistens jedoch zu Fuß, denn es

war nicht weit von zuhause aus. Meine Jugendliebe war auch öfter dort und wir sprachen auch
ab und an miteinander, aber darüber hinaus interessierte er mich nicht. Er war ein Stückchen
kleiner als ich, und als irgendwer meinte, „Der
steht auf Dich" dachte ich ziemlich oberflächlich:
„Der geht gar nicht!".

Meine damals beste Freundin war schon weiter mit den Jungs. Sie hatte einen Freund und da
ging es auch schon richtig zur Sache, dennoch
waren ich und noch ein paar andere in einer losen
Clique immer dabei, weil das halt so war. Wo
meine beste Freundin war, da war ich auch.

Der Freund meiner Freundin, ein gut aussehender Junge, hatte den Schlüssel zu einem Bier-
lager, das sich im Hof ihres Wohnhauses befand.
Sein Vater arbeitete bei der Brauerei in der nahe
liegenden Stadt unseres Vorortes. Er klaute des
Öfteren ein paar Flaschen Bier und wir gingen in
den Wald, suchten uns eine Lichtung, meist zu
fünft oder sechst, und tranken es dann heimlich.
Ich weiß noch, dass ich ziemlich viel Mühe hatte,
so eine Flasche leer zu trinken. Ich wurde schnell
betrunken und schlief im Wald auf einer ausge-
breiteten Decke ein. Als ich wach wurde, starrten
mich alle an und lachten sich kaputt. Ob sie es
alle umeinander getan hatten oder nur eine/r,
weiß ich nicht mehr, sie hatten mir jedenfalls eine

„Halskette" aus Knutschflecken verpasst. Ich war wütend und schämte mich gleichzeitig. Heute kann ich darüber lächeln, wenn ich zurückdenke und mir wieder einfällt, dass ich bei warmen Temperaturen tagelang Rollkragenpullis trug und mit einigen fragwürdigen Hausmittelchen wie zum Beispiel Zahnpasta versuchte, die Dinger möglichst schnell abklingen zu lassen.

Einmal hatten wir in der Teestube eine Art Tanzmarathon ... wer am längsten Tanzen kann, gewinnt. Diana Ross „Upside down" und „We are family" von Sister Sledge. Es müsste 1979 gewesen sein, meine beste Freundin und ich gewannen. Irgendwann in dieser Zeit, ich hatte gerade einen Riesenherpes an der Lippe und schaute nur unter mich, setzte sich meine Jugendliebe zu mir und erzählte mir was von „Du gehst mir nicht mehr aus dem Kopf. Wenn du nicht hierher kommst, suche ich Dich überall". Anscheinend suchte er nie im Wald, denn zu der Clique gehörte er nicht. „Deine Lippe ist völlig egal, du hast den besten Charakter des ganzen Ortes." Bla bla bla ... in meinen Ohren. Ich war voller Komplexe, Selbsthass und Misstrauen. Konnte mit Komplimenten so gar nicht umgehen und glaubte kein Wort.

Natürlich sprach ich mit meiner Freundin darüber, und natürlich wollte ich nicht mit ihm befreundet sein, aber irgendwie kamen wir dann doch zusammen. Ich schämte mich wegen meiner anfänglichen Oberflächlichkeit seiner Größe wegen und er war ja auch nett. Diese Beziehung sollte bis zu meiner Volljährigkeit mein Leben dominieren. Wie bereits erwähnt, ich war noch keine vierzehn als wir zusammen kamen und ich wollte definitiv warten bis sechzehn, um intim zu werden. Bis dahin gab es jede Menge Streit, wir trennten uns, wir versöhnten uns, on/off. Er verkehrte auch bei uns zuhause. Er war zwei Jahre älter als ich und hatte während dieser Zeit die Schule abgeschlossen und eine Lehre als Maler und Lackierer in einer Firma am Ort absolviert. Jedenfalls kurz vor meinem sechzehnten Geburtstag kam es auch zum ersten Mal. Unbeholfen auf der Tagesdecke in meinem Zimmer. Es war kurz, brannte und schmerzte. Ich sehe noch den Blutfleck auf der Decke, bewusst so gewählt, weil diese abwaschbar war. Ja, es war einvernehmlich, ich hatte keine Kraft mehr, ihn hinzuhalten. Dennoch, ich war tief enttäuscht. Ich weiß noch, dass ich an mein Fenster ging, mich auf die Fensterbank lehnte, meinen Blick schweifen ließ und dachte: „Das war's? Und was soll denn daran so toll sein?"

Ich sprach auch noch mit meinem Freund darüber und er sagte, es würde jetzt wohl bei jedem Mal besser werden, das müsse sich halt einspielen. Ich hatte ziemlich Panik, schwanger zu werden. Also besorgten wir ekelhafte Schaumzäpfchen, oh mein Gott, was für eine Sauerei. Parallel ging ich auch zu meiner Mutter und erzählte ihr alles, ich konnte mit ihr über fast alles reden. Sie vereinbarte umgehend einen Termin beim Frauenarzt und ich bekam die Pille. Überhaupt war sie sehr lieb und verständnisvoll zu mir. Nach dem Arzttermin kaufte Sie mir sogar eine trendige pinkfarbene Jeansjacke. Diese Jacke hab ich tagein, tagaus getragen und sie sogar behalten um sie meiner Tochter zu vererben. Erst als diese dankend ablehnte gab ich die Jacke Jahrzehnte später in die Altkleidersammlung.

Fast schlagartig veränderte sich meine Beziehung. Der junge Mann dachte nun wohl, er würde mich besitzen. Gleichzeitig reagierte meine beste Freundin, obwohl selbst in einer Beziehung, recht eifersüchtig auf meine nun „ernste" Beziehung. Ich stand zwischen den Stühlen. Gleichzeitig redete ich mir ein, dass es mit ihm nun auf jeden Fall klappen müsse, immerhin hatte ich ihm ja meine Unschuld geschenkt.

Damals war ich noch der Illusion verfallen, es jedem recht machen zu können. Verunsichert wie ich war konnte ich es nicht ertragen, wenn jemand wütend auf mich war, und sprang nun zwischen meinem Freund und der Freundin ständig hin und her, immer in Sorge, es könne einer sauer werden. Meine Freundin stellte fest, dass eine Freundin immer über dem Freund stehen müsse. Immerhin kenne man sich schon viel länger und sei vertrauter als man es mit einem Jungen jemals sein könne. Mein Freund reklamierte meine Aufmerksamkeit seit wir intim waren umso mehr auch für sich. Ein Dilemma. Er entwickelte eine starke Eifersucht und stalkte mich regelrecht, wenn ich ihm absagte und einen Mädelstag, was allenfalls ein paar Stunden im Eiscafé bedeutete, verbrachte. Ich durfte gar nicht so lange weg, und es geschah öfter, dass er zuhause bei meiner Mutter in der Küche saß, wenn ich nach Hause kam und er mich mit Unschuldsblick fragte, wo ich denn herkomme? Als wenn ich es ihm nicht vorher gesagt hätte.

Irgendwann hatte er den Führerschein gemacht und wir fuhren viel herum. Ich war auch in seiner Familie eingeführt und hatte an deren Tradition, sonntags mit dem Auto eine Tagestour zu machen, schon öfter teilgenommen. Ziele waren unter anderem Rüsselsheim, Bad Münster am Stein, Bad Kreuznach und Heidelberg. Er war Frühaufsteher, ich eher Langschläfer. Er erschien, nun ein stolzer Autofahrer, oft sonntags morgens an meinem Bett, um mich zu wecken und mit auf Tour zu nehmen.

Das waren noch die schöneren Aspekte. Nicht so schön war es dann allerdings, als er mich zum ersten Mal schlug. Es geschah, als eigentlich mal wieder Schluss war, weil er mir keine Luft zum Atmen ließ. Der Ort, an dem sich die Jugend damals traf, hatte sich inzwischen von der Teestube in die Dorfkneipe verlagert. Hauptsächlich ging ich aus den gleichen Gründen dahin wie zuvor ins Jugendtreff, um Tischfussball zu spielen und um Freundinnen und andere Leute zu treffen. Im Tischfußball hatte ich echtes Talent entwickelt, aber nur fünf Mark Taschengeld die Woche. Eine Cola kostete 1,20 D-Mark, eine Gespritztes (Cola/Bier) eine Mark. So viel zum Thema Jugendschutz. Ich bestellte natürlich ein Gespritztes, was irgendwann total abstand, weil ich nicht wirklich trank. Es schmeckte mir ja auch nicht. Es war halt nur, weil man ohne Getränk nicht in der Kneipe sein durfte und ich stundenlang kickern wollte. Britta, eine meiner besten Freundinnen, und ich waren im Tischfußball ein Dream-Team. Wir schossen den Jungs reihenweise die Ohren ab. Manchmal hatte ich, weil wir oft um ein Freigetränk spielten, zig Nullen auf meinem Deckel. Einlösen konnte ich die nie, weil ich recht früh nachhause musste. Also verschenkte ich sie oft. Zeitweise hatten wir eine Damenmannschaft und fuhren auf Spiele, zeitweise war ich das einzige Mädel in einer Herrenmannschaft. Ich nannte mich damals scherzhaft „die schnellste Hand westlich der Blies". Oh mein Gott ... noch heute lache ich darüber.

Wie auch immer, da lief ich nun rum als „Kumpelchen", so sah ich mich jedenfalls. Im Umgang mit Jungs vertraut durch meine drei Brüder. Mit fünf Jungs in die Disco? Kein Problem, ich war ja wie sie, ein Kumpelchen halt. Alles easy, gute Jungs, keiner wollte was von mir, so kam es jedenfalls bei mir an.

Ein Nachbarsjunge, Tom, genau so alt wie mein jüngster Bruder, fungierte als mein Bodyguard, oder Mecki, ein total netter Junge aus einem Nachbarort, der damals seinen Wehrdienst absolvierte. Irgendeiner brachte mich immer nach Hause, wenn ich gerade mal wieder Single war.

Eines Abends jedoch hatte Mecki sich auf meine Bitte hin bereits an der Kreuzung in Richtung seines Nachbarortes von mir verabschiedet. Er trug seinen Kleidersack vom Bund mit sich und hatte noch einen langen Fußmarsch bis nachhause vor sich. Als ich nach ungefähr 300 Metern unser Haus erreichte und unsere Eingangstreppe hoch stieg, meine Schlüssel suchend, hörte ich eine Autotür zuschlagen. Mecki war längst außer Sichtweite. Erschrocken drehte ich mich um und sah nur noch, wie mein Exfreund über die Straße schoss und mich, bevor ich den Haustürschlüssel ins Schloss stecken konnte, an meinen langen Haaren die Treppe runter zu seinem Auto zerrte und regelrecht hineinwarf. Er schäumte vor Wut. Ich weiß nicht mehr, wo wir hinfuhren und wann ich zuhause war. Es war jedoch der Beginn von vielen Übergriffen.

Lehrer

In der Handelsschule hatten wir einen Französischlehrer, den wir als „spitzen Bock" bezeichneten. Es gab eine Menge Geschichten und Gerüchte um ihn. Auf Klassenfahrt soll er mal mit einem Mädel erwischt worden sein, auch mal mit einem auf der Mädchentoilette. Er trug gerne halbtransparente gestreifte Hosen im Sommer, die „untenrum" immer ziemlich viel abzeichneten. Wenn ein Mädel einen Minirock anhatte, tackerte er sie gerne sehr lange an der Tafel und zog sie mit den Augen aus. Er sprach immer eindeutig zweideutig. Irgendwann verkündete er nach den Ferien, dass er geheiratet hätte. Wir machten uns fortan immer ein Gag draus, wenn er mal wieder verbal echt über die Stränge schlug, ihm beim Verlassen des Klassensaals „Schönen Gruß an Ihre Frau!" zuzurufen. An einem Samstag, als er Pausenaufsicht hatte und mein Freund gerade auf den Parkplatz mit guter Sicht auf den Schulhof fuhr, stand er abrupt hinter mir. Er beugte sich von hinten nach vorne und raunte mir ins Ohr: „Na, gehst Du am Wochenende in die Disco? Da würde ich Dich gerne mal besuchen. Hast Du denn schon einen Freund?" Im gleichen Moment durchfuhr mich ein widerwärtiges Gefühl. Ich drehte mich um, warf ihm kopfschüttelnd einen bösen Blick zu und ließ ihn stehen. Was folgte, war eine Diskussion mit meinem Freund, der die Szene mitbekommen hatte mit der immer wiederkehrenden Frage, was ich denn da mit dem Lehrer zu schaffen hätte.

Teestube

In der „Teestube", unserem Jungendtreff, hatten wir damals mehrere Betreuer, auch einen eigentlich unscheinbar aussehenden Sozialpädagogen. Klein, Brille, Vollbart. Er sprach erst sehr verständnisvoll mit einem und baute Vertrauen auf. Wenn man dann ein wenig öfter miteinander gesprochen hatte, fing er plötzlich an, über sein Sexualleben zu berichten. Nicht die Häufigkeit sei wichtig, sondern die Intensität, referierte er dann. „Lieber nur einmal die Woche Sex, aber dafür fünf bis sechs Stunden lang." Und dann ging er ins Detail, eklige Details. Er stand wohl unter anderem darauf, dass man sich auf ihm die Blase oder schlimmer noch, den Darm entleerte. Er stand wohl auch darauf, in unsere unerfahrenen geschockten Gesichter zu sehen. Zu mir meinte er mal: „Das kann ich mir mit Dir auch sehr gut vorstellen, Du würdest viel lernen ...". Und dann fasste er einen meiner kleinen geflochtenen Zöpfe, die mit schönen Steckperlen besetzt waren und die ich als Zierde über meinen langen Haaren trug. Mama hatte diese Perlen auf einem ihrer kurzen Stadtbummel gefunden und machte mir diese Frisur immer. Ich war total stolz drauf, weil niemand im Ort solche Perlen hatte und ich sehr oft danach gefragt wurde. Meine Mutter verstand es, trotz der bescheidenen finanziellen Mittel die zu Verfügung standen, mir mit solchen Dingen viel Freude zu machen. Dinge die nur für mich waren. Ansonsten war es sehr üblich, umgeänderte Kleidungsstücke meines jüngsten Bruders oder meiner Cousine aufzutragen. Das hier nur am Rande. Ich war jedenfalls völlig überfordert mit diesen widerlichen Informationen. Er war glücklicher Weise nur eine kurze Zeiterscheinung, vielleicht hatte ihn ein mutigeres Mädel als ich angeschwärzt.

Ausbildung

Während meiner kaufmännischen Ausbildung in einem Unternehmen der Stahlindustrie war ich unter anderem in der Personalabteilung eingesetzt, Bereich Lohnfortzahlung und Kuranträge. Diese Abteilungen befanden sich in einem damals modernen Bau innerhalb des großen Betriebsgeländes. Damals waren dort insgesamt noch etwa dreizehnhundert Leute beschäftigt. Ich hatte „das Schreibzimmer" erfolgreich umschifft. Dort saßen ausschließlich Frauen den ganzen Tag an der Kugelkopfschreibmaschine und tippten wie die Wilden nach Phonodiktat oder anderen Vorgaben. Ich wollte niemals dorthin, wollte keine „Tippse" sein, wollte mehr. Zuvor war ich in der APL, der arbeitspädagogischen Leitung gewesen. Dort hatte ich Jahre zuvor bereits mein Schülerpraktikum absolviert, damals noch mit 14.000 Beschäftigten. Man kannte mich noch und vielleicht hatte dies dazu beigetragen, mir etwas verantwortungsvollere Tätigkeiten zuzutrauen. In der Personalabteilung gab es mehrere Herren, einer davon war freigestelltes Betriebsratmitglied. Seine Sachgebiete waren Lohnfortzahlung und Kuranträge. Ich

sollte seine Vertretung in seiner Abwesenheit ü-
bernehmen. Er war so alt wie meine Mutter und
hatte sogar am gleichen Tag Geburtstag wie sie.
Das konnte ich gar nicht glauben, war er doch
eine total andere Persönlichkeit. Heute weiß ich,
dass es damals einfach oft reichte, ein Mann zu
sein, um sich ungefragt zu holen, was man möchte. Er erklärte mir soweit alles. Dazu gehörte
auch, mir das Archiv zu zeigen, das im Unterge-
schoss hinter der Kantine lag. Dort waren sogar
noch Bücher aus der Gründungszeit des Unter-
nehmens zu sehen, als noch ausschließlich Männer an Stehpulten mit Armschonern versehen
handschriftlich jeglichen Schriftverkehr verfass-
ten. Ich war sehr beeindruckt. Es gab ein riesiges
auf Schienen laufendes Regalsystem, bei dem die
Regale an den Stirnseiten mit Knöpfen versehen
waren. Beim Betätigen dieser Knöpfe fuhren die
Regale zur Seite und es öffnete sich eine Art Zwi-
schengang, durch den man dann bis zu den ge-
suchten Akten laufen konnte. Mein Vorgesetzter
öffnete einen solchen schmalen Gang und bat
mich, vor ihm einzutreten. Fast am Ende ange-
langt zeigte er auf ein Regal und bat mich, einen
Stapel Dokumente zu entnehmen, was ich auch
tat und mich dafür bücken musste. Als ich wieder
hochkam, nahm er mich plötzlich bei den Schultern, drehte mich zu sich und sagte: „Du hattest ja
die Tage Geburtstag, dann will ich Dir jetzt mal

zum Geburtstag gratulieren!" Er hob mich sogar ein wenig an, denn er war viel größer als ich und steckte mir, bevor ich ahnen konnte, wie mir geschah, seine nasse eklige Zunge in den vor Schreck geöffneten Mund. Ich zappelte und wehrte mich, stieß ihn ins Regal und lief wie eine Irre aus diesem Gang, rannte zu dieser dicken Stahltür und trommelte dagegen, weil ich es nicht schaffte, sie zu öffnen. Ich wusste aber, dass Mitarbeiter, die gerade in die Kantine gingen, mein Klopfen hören mussten. Besagter Herr wusste das natürlich auch. Schnell wie der Blitz war er bei mir und schnaubte wütend: „Lass das sofort sein, was soll denn das?" Mit hochrotem Kopf öffnete er dann die arretierte Tür und ich versuchte ihm in Richtung Aufzug zu entwischen. Er war so schnell hinter mir, dass wir trotzdem zu zweit im Aufzug landeten. Er atmete schwer und fragte, warum ich mich denn so anstellen würde, da wäre doch nichts dabei.

Ich war so dumm und naiv und eingeschüchtert, dass ich nur erwidern konnte „Ich habe einen Freund!"

„Na und?", bekam ich daraufhin von ihm lapidar zur Antwort.

Diesen Vorfall hatte ich sogar meiner Mutter erzählt, und sie vermutlich auch meinem Vater.

Er hatte viele Jahre auch dort gearbeitet. Auf jeden Fall blieb es bei diesem einem Vorfall. Jedenfalls wunderte es mich aber auch nicht, als ich in den Hängeordnern in seinem Schreibtisch zwischen den ganzen Formularen eines Tages zufällig Porno-Bilder und Alkohol fand.

Während der Ausbildung wechselten wir zwischen mehreren Abteilungen. So war ich auch zwei Monate im Technischen Büro. Dort arbeiteten, wie der Name schon sagt, viele Techniker, ausschließlich Männer. Ich war im Vorzimmer eines promovierten Akademikers eingesetzt. Damals wurde tatsächlich noch zum Diktat mit Steno gerufen. Der gute Mann stolzierte mit einer Zigarre im Büro hin und her und diktierte. Wie oft saß ich danach an meiner Schreibmaschine und war am Verzweifeln, weil ich mein eigenes Steno nicht mehr lesen konnte.

Hier passierte kein Übergriff, aber dort waren zwei liebevolle Herren, an die ich mich sehr gerne erinnere. Sie behandelten mich als das, was ich damals war, nämlich noch ein halbes Kind. Einer der beiden, der mir am sympathischsten war, sagte jeden Morgen bevor der Herr Doktor kam zu mir: „Komm Mädel, wir rauchen noch eine Friedenspfeife." Wir rauchten dann und unterhielten uns. Er wirkte fast väterlich und sagte unter anderem: „Du denkst zu viel nach, denk immer daran, kopflastige Flieger stürzen schneller ab!" Am eindringlichsten war mal eine Aussage von ihm, als ich ihn vertrauensvoll um Rat fragte, was ich denn tun könne um mich vor Jungs und Männern und ihren übergriffigen Annäherungsversuchen zu schützen. Selbstverständlich nannte ich keine Namen. Er sah mich eindringlich an und sagte: „Du musst aufpassen, denn Du hast so einen Blick, der geht den Kerlen bis ins Innerste, so als ob Du sie direkt durchschauen könntest. Das macht Ihnen Angst und deshalb wollen sie dir dann wehtun! Die Männer werden mal Angst vor Dir haben!"

Diesen Satz hab ich nie vergessen. Ob da was Wahres dran ist?

Arbeitsverwaltung

Leider war bei diesem Unternehmen keine längere Weiterbeschäftigung nach der Ausbildung möglich, sodass ich bereits drei Monate nach meinem Abschluss arbeitslos wurde und mich dementsprechend arbeitssuchend meldete.

Ich war so gelangweilt, dass ich sehr lange schlief. Ich suchte sogar einen Arzt auf und fragte ihn, was mit mir los sei, ich würde zwölf Stunden täglich schlafen, obwohl ich doch arbeitslos sei. Mein Arzt meinte, das sei die Psyche, weil ich das Gefühl hätte, nicht gebraucht zu werden.

Immerhin, nach nicht einmal drei Monaten rief mich meine zuständige Vermittlerin Frau L. an und fragte, ob ich denn an einer wenn auch befristeten Stelle beim Arbeitsamt interessiert sei.

Begeistert nahm ich an. Wir waren eine ganze Gruppe von ca. zehn Mädels damals und ich fand den Job sehr interessant. Es gab drei Sektoren in der Vermittlung nach Berufsgruppen bzw. Branchen unterteilt, den Dienstleistungs-, gewerblichen und kaufmännischen Bereich. Ich war im gewerblichen Sektor eingesetzt und ab und an mal als Vertretung in der Dienstleistung. Ich lernte die Struktur und den Aufbau der Agentur kennen und ich durfte sogar mal einen Vermittlungsvorschlag für eine Stelle als Zerspanungsmechaniker erstellen. Mit Erfolg. Der Betreffende, ein mir gut bekannter Junge, wurde eingestellt und arbeitete viele Jahre, eventuell bis heute, dort.

Der Einsatz von Computern lief damals noch rudimentär. Die riesigen klobigen Bildschirme standen zwar auf jedem Schreibtisch, aber das meiste wurde noch von Hand zu Fuß erledigt. Auch hier gab es im ersten Stock ein Archiv, das ich zwecks Aktensuche zigmal aufsuchen musste.

Neben den Assistentinnen, die den Erstkontakt zum Publikum hatten und den Vermittlern zuwiesen, die jeweils eine bestimmte Berufsgruppe betreuten, gab es noch einen Bereichsleiter sowie einen Arbeitsberater. Deren Aufgabe war es, Leute zu beraten, die wegen förderfähiger Umschulungen oder Weiterbildungen vorsprachen. Nach einer Weile kannte ich schon eine ganze Menge Leute, wenn auch nur vom Sehen. Im Archiv hatte ich nach einem kurzen Vertretungseinsatz im Dienstleistungssektor immer mal wieder deren Arbeitsberater getroffen. Ein recht gut aussehender Mittvierziger mit strahlenden Augen und Vollbart hielt mir immer ein kurzes

Gespräch. Er war höflich und nett und erzählte, dass er in seiner Freizeit aktiv in einem Chor singen würde. Einmal bat er mich ganz aufgeregt, ich solle in einem dritten Programm mal schauen, denn da würde sogar eine Aufzeichnung eines Auftritts gezeigt. Ich lächelte unverbindlich, denn ich interessierte mich nicht die Bohne dafür, mit meinen achtzehn Jahren.

Dieses Archiv war hell, nicht furchteinflößend, und hatte zwei ständig anwesende Mitarbeiter. Alles gut.

Eines Tages in der Winterzeit, es war bereits dunkel, wurden die Mitarbeiter in die Kantine im obersten Stockwerk gebeten, um jemanden zu verabschieden. Es gab Schnittchen, Sekt, Sekt-Orange und eine kleine Ansprache. Sterbenslangweilig halt. Wir Mädels sahen ständig auf die Uhr. Ich war noch verabredet mit einer Freundin, wir wollten in die „Ladys Night" Es muss demnach ein Donnerstag gewesen sein. Zwischenzeitlich hatte ich mich endgültig von meiner Jungendliebe getrennt und „zwei wilde Jahre" vor mir, bevor ich meinen späteren Mann kennenlernen sollte.

Ich hatte meine Jacke und meine Tasche in meinem Büro stehen lassen wie alle, die oben beim Empfang aufliefen. Als der offizielle Teil vorbei war, etwa kurz nach achtzehn Uhr, verließ ich so unauffällig wie möglich die Kantine und lief zum Aufzug, um nach unten zu fahren. Nur meine Sachen holen, dann ab in die Tiefgarage zum Auto und schnell weg. Dachte ich jedenfalls. Als sich auf meiner Ebene die Aufzugtür öffnete, nahm ich noch wahr, dass nur noch die Notbeleuchtung ein dürftiges Licht in die Gänge warf. Als ich die Bürotür öffnete, lag ein ziemlich dunkler Raum vor mir, nur spärlich von den Laternen des Parkdecks erhellt. Doch das war mir egal, denn ich wollte ja nur meine Jacke und meine Tasche holen. Ich griff also von vorne über den Schreibtisch gebeugt nach meiner Tasche und der Jacke, die auf dem Bürostuhl lagen.

In diesem Moment drückte mich jemand unter lautem Stöhnen mit seinem ganzen Gewicht auf den Schreibtisch nieder und begann an mir herum zu fummeln und an meinen Kleidern zu nesteln. Instinktiv wehrte ich mich mit ganzer Kraft, stemmte mich vom Schreibtisch die Arme aufstützend weg, stieß den Mann von mir und rannte meine Sachen packend ohne mich umzudrehen aus dem Büro. Ich entschied mich für das Treppenhaus, rannte die Treppe zur Tiefgarage runter und sprang in meinen Fiesta. Ich startete den Motor, zitternd am ganzen Leib. Da sah ich ihn im Rückspiegel, den netten Arbeitsberater. Er lief zu mir ans Auto, legte beide Hände auf die Rückscheibe und rief. „Halt ... bleib stehen ... Stopp ... halt an!"

Keine Chance. Ich war in einem Ausnahmezustand, öffnete ein wenig die Fahrertür, wandte mich nach hinten und rief: „Geh weg, geh sofort weg oder ich überfahre Dich!" Nahm ich überhaupt wahr, dass ich ihn duzte?

Er ergriff noch die Fahrertür und wollte sie öffnen, aber ich zog mit zwei Händen und aller Kraft die Tür zu, drückte den Knopf runter, legte den Rückwärtsgang ein und gab Gas. Im Seitenspiegel sah ich ihn noch wegspringen. Ich fuhr die „Schnecke" hoch, ein spiralförmiger Gang, der eigentlich als Einfahrt gedacht war, denn aufs Öffnen der Ausfahrtgitter zur Straße hin zu warten hätte mir zu lange gedauert.

Mit total verheultem Gesicht kam ich damals bei meiner Freundin an und erzählte ihr alles. Ich weiß noch, dass ich damals einen „Fish-Mac" aß und mich gleich darauf übergeben musste. Ich weiß bis heute nicht, wo ich damals die Kraft hernahm, um mich gegen diesen niederträchtigen Angriff zu wehren.

Das Schlimme war, am nächsten Tag wieder dorthin zu müssen. Geredet habe ich auf der Arbeit mit niemandem darüber. Meine Freundinnen und ich waren damals zu dem Entschluss gekommen, dass mir ohnehin keiner glauben würde. Aussage gegen Aussage, der Arbeitsberater und die junge dumme Aushilfe. Wem glaubt man letztlich? Und überhaupt, was war denn passiert? Nichts! Vielleicht wollte er mich ja nur ein bisschen erschrecken. Haha ...

Nach Ablauf meiner Befristung hatte ich, wie mit meiner Vermittlerin besprochen, erneut eine Bewerbung eingereicht. Es hieß damals, beim zweiten oder dritten Mal würde es dann vielleicht mit einer Festanstellung klappen. Irgendwann erhielt ich dann einen Anruf meiner Vermittlerin, streng vertraulich. Sie erzählte mir, dass meine Bewerbung ganz oben auf dem Stapel der Vorschläge gelegen habe. Bevor jedoch der Personalleiter den Raum betrat und die Sitzung eröffnete, erhob sich der Bereichsleiter des Gewerbesektors, entfernte meine Bewerbung vom Stapel und steckte sie sich zusammengerollt in die Innentasche seines Jacketts. Muss ich erwähnen, dass er ein guter Bekannter des Berufsberaters, meines Angreifers, war? Als meine Vermittlerin etwas dazu sagen wollte, ermahnte man sie zu schweigen. Sie aber wollte mich das unbedingt wissen lassen, weil sie nichts für mich tun konnte.

Möbelhaus

Ein bekanntes Möbelhaus war eine weitere beruf-
liche Station, in der ich zwar keine körperliche
Belästigung, dafür aber Sexismus verbaler Natur
in Reinform, gepaart mit Rassismus, erfuhr. Ich
war im Zentrallager eingesetzt und dort arbeitete
auch ein junger Lagerist, der auf Adolf Hitler
stand, ja ihn regelrecht verehrte. Er feierte sogar
seinen Geburtstag und trauerte an seinem Todes-
tag. Bis ich diese Details erfuhr, fand ich ihn erst
mal ganz nett. Irgendwann fing er an, mir Zettel-
chen in meine Arbeitstasche zu legen, mit Texten
von Songs wie zum Beispiel „Kugel im Colt" von
Udo Lindenberg.

Ich verstand auch hier nicht warum er was
von mir wollte, er war verheiratet, für mich also
absolut tabu. Eines Tages fragte er mich, ob ich
bereit sei, mal mit ihm was trinken zu gehen, wir
müssten mal in Ruhe reden. Ich sagte zu, weil ich
auch wollte, dass er aufhören sollte mit den Versuchen, mir näher zu kommen. Wir trafen uns in
der Kneipe „Zum dicken Fass" nach Feierabend.
Er sagte mir dann, dass er sich trennen wolle von

seiner Frau, dass er unglücklich sei. Ich bräuchte nur einen Ton zu sagen und er würde sie auf der Stelle verlassen. Es gab den schon fast typischen Wortwechsel.

„Du kennst mich doch gar nicht."

„Doch ich weiß, dass ich Dich will."

„Nein, ich will nicht der Grund für Deine Trennung sein. Trenne Dich doch aus eigenen Gründen wenn Du unglücklich bist. Ich und auch keine andere Frau will Sprungbrett sein." Bla...bla..., voller Klischees. Klägliche Versuche, freundlich und ehrlich zu sein und ihn nur ja nicht zu verletzen. Ehrlich wäre es gewesen, ihm klipp und klar zu sagen, dass ich keinerlei Interesse an ihm habe. Leider war ich dazu nicht in der Lage.

Als ich merkte, dass ich so nicht weiterkam, erzählte ich in einer der folgenden Mittagspausen, dass ich einen jungen interessanten Mann aus Stuttgart kennengelernt hätte. Es war tatsächlich mein späterer Ehemann. Ich erwähnte natürlich auch, dass er Türke sei und so ganz anders als ich es mir vorgestellt hatte. Perfektes Deutsch, hochdeutsch sogar, schlau, witzig, moderne Einstellung und so weiter.

Da kam dann die braune Soße durch. Der Lagerarbeiter bekam das natürlich mit und erzählte es auch unserem Disponenten. Der war ein widerliches, ordinäres, dickes schwitzendes Schwein von Mann, der alle Jungs im Zentrallager an den Eiern hatte, zum Feierabendbierchen zwang, zu sich nachhause schickte, um diverse Möbel aufzubauen oder zu renovieren und vieles mehr. Die Fahrer wurden nach Warenwert auf den Autos bezahlt. Er war der Disponent, er hatte sie alle in der Hand, wenn man sich mit ihm anlegte, bekam man nur Billig-Schrott aufs Auto. Die Lieblinge waren die Küchenmonteure, sie verdienten am Besten.

Eines Tages kam ein Mann unseres Telefondienstleisters, um eine neue Telefonanlage zu installieren. Ich hatte gerade Telefondienst an der alten Anlage mit vier Leitungen und saß dem Disponenten gegenüber. Er fragte den Telefonmann, aus welcher Stadt er denn käme. *Aus Dortmund*, bekam er zur Antwort, worauf er mit einem Kopfnicken in meine Richtung meinte: „Habt ihr dort auch ne Menge Kanaken oder anderes Pack? Dann kannste die Kleine da mitnehmen, die lässt sich gerne von so was durchficken!"

Ich saß da wie versteinert. Der Telefonmann war mehr als peinlich berührt und wusste nicht, wo er hinschauen oder was er sagen sollte. Da es sich um ein befristetes Arbeitsverhältnis handelte, saß ich meine Zeit dort irgendwie ab.

Sogar mein Papa nannte mich mal „Türkenn-matratze", ich schnappte zufällig ein Gespräch von ihm und seiner Stiefmutter, Oma Ria auf. Er saß mit ihr in deren Küche bei einem Kaffee und hetzte mal wieder. Über alles und nichts. Das zu hören, das tat weh ... sehr weh. In dieser Zeit lern-te ich schmerzvoll am eigenen Leib kennen, wel-chen Diskriminierungen man ausgesetzt sein kann. Es war nicht die letzte Erfahrung. Allein darüber könnte man ein Buch schreiben.

Beruflich wechselte ich nach dem Job im Mö-bellager zu einem Hydraulikunternehmen. Ein Industriekonzern, alle siezten sich und endlich hörten zumindest auf der Arbeit die Übergriffe auf. Hier arbeitete ich bis zur Geburt meiner Tochter und nach der ersten Elternzeit noch bis zur Geburt meines Sohnes, danach musste ich kündigen. Damals gab es noch kein Gesetz dafür, Frauen nach der Elternzeit auch in Teilzeit weiter zu beschäftigen.

Vollzeit zu arbeiten war mir mit zwei kleinen Kindern und mangelnder Kinderbetreuung und auch aufgrund der Entfernung und mangelnder Mobilität nicht mehr möglich, da wir nur ein Au-to hatten.

Zeitsprung - 15 Jahre später: Den Trigger, den ich an anderer Stelle mal erwähnt hatte, empfand ich noch einmal im Jahr 2009, als ich zum zweiten Mal in der Arbeitsverwaltung einen befristeten Arbeitsvertrag bekam. Zwischenzeitlich wieder Vollzeit arbeitend und Alleinerziehend. Als ich dort wieder im Treppenhaus stand und diesen typischen Geruch wahrnahm, waren schlagartig die Erinnerungen von damals wieder präsent. Da ich aber sicher sein konnte, dass nahezu alle Beteiligten nicht mehr da waren, schüttelte ich mich wie ein nasser Hund und versuchte, diese Erinnerungen schnell wieder zu verscheuchen.

Dorfkneipe

Wie bereits erwähnt war einige Zeit lang die Dorfkneipe das Ziel für uns Jugendliche, vor allem um Tischfußball spielen zu können. Es gab dort aber auch ältere Erwachsene. Eines Tages tauchte Ricki auf, ein junger Mann, der irgendwann mal gegenüber unseres Elternhauses gewohnt hatte, bevor er mit seiner Familie weggezogen war. Ich selbst erinnerte mich nicht mehr so wirklich an ihn. Er erschien mir jedoch freundlich und wir beide quatschten hin und wieder miteinander. Eines Tages erzählte er von einem Live Konzert am Bostalsee mit einer saarländischen Band und wollte mich unbedingt überreden, dorthin mitzukommen. Ich verneinte und verwies auf mein Alter. Ich war erst fünfzehn oder sechzehn und erklärte ihm, dass meine Eltern das nicht erlauben würden. Er war ja bereits Mitte Zwanzig und meinte, er könne sich ja von meinen Eltern schriftlich bestätigen lassen, dass er als volljährige Begleitperson auf mich aufpassen dürfe.

Mist, dachte ich, denn ich wollte gar nicht mit ihm unterwegs sein, vor allen Dingen nicht mit ihm alleine, denn auch hier spürte ich sein Interesse an mir, welches ich einfach nicht erwidern konnte.

Ich saß mit meiner Freundin Britta an einem Tisch, als er dazu kam und schon wieder mit dem Thema anfing. Er wolle mit mir nur kurz zu meinen Eltern fahren und die Sache klären. Ich ließ daraufhin schweren Herzens meine Sachen bei Britta am Tisch und raunte ihr zu, sie solle auf jeden Fall auf mich warten.

Als wir bei uns zuhause die Küche betraten, saß meine Mutter mit Handarbeit da und blickte Ricki erstaunt an.

„Hallo Hella, wie geht´s?", sagte er. „Na, kennst du mich noch, ich bin der Ricki von gegenüber."

Meine Mutter blickte ihn erst fragend an, erkannte ihn dann aber und erwiderte: „Mensch Ricki, na klar, wie geht´s Dir und Deiner Familie? Ist ja schon ein paar Jahre her ..."

Er kam allerdings ganz schnell auf sein Anliegen zu sprechen, begann von dem Konzert zu erzählen und wie gerne er mich dabei haben würde. Ich stand dabei etwas seitlich hinter Ricki, riss die Augen weit auf und versuchte ihr mit meiner Mimik und leichtem Kopfschütteln zu suggerieren, dass ich das gar nicht wolle. Mama sah mich kurz an, verstand sofort und sagte zu ihm: „Du Ricki, das kann ich jetzt nicht so schnell entscheiden. Mein Mann arbeitet, das müssen wir erst noch in Ruhe besprechen. Eigentlich ist sie noch zu jung für so etwas."

Ricki ließ mit seiner Bitte zwar nicht locker, aber Mama blieb zum Glück dabei. Ich wollte so schnell wie möglich zu Britta in die Kneipe zurück, er aber sagte, er müsse vorher noch tanken gehen. Plötzlich bog er allerdings in einem Waldstück in einen Weg ein. Dort anhaltend begann er mit einer seltsamen Liebeserklärung. Er sei ja mehr als erstaunt gewesen, mich so wiederzusehen. Er hätte mich noch als kleines Kind in Erinnerung gehabt und dabei sei ich doch jetzt schon eine junge Frau. Er wäre offen gestanden dabei gewesen abzurutschen, doch seit er mich wieder gesehen habe, hätte er wieder Freude am Leben und er müsse immer an mich denken. Ich empfand enormen Druck und auch Angst, wohl gut verbergend, wollte aus der Situation raus. Also drängte ich darauf, von hier wegzufahren und bat ihn mich zurückzubringen, da ich nicht mehr lange wegbleiben dürfe und meine Sachen noch in der Kneipe hätte. Zum Glück reagierte er entsprechend darauf, weil er meine Eltern nicht verärgern wollte, und brachte mich zur Kneipe zurück.

Ein paar Tage danach sagte ich ihm wegen des Konzerts ab. Warum ich ihm nicht ins Gesicht sagen konnte, dass ich nicht mitkommen wollte, ist mir noch heute ein Rätsel. War ich damals wirklich dermaßen schüchtern und sprachlos gegenüber Männern? War ich so dermaßen darauf konditioniert, immer nett und freundlich zu sein, eher zu lügen als einen Mann eventuell in seinem Stolz zu treffen? Wie auch immer, erste Anzeichen meiner jahrelang aufgestauten Wut und einem daraus resultierendem Mut ließen aber nicht mehr lange auf sich warten. „Fass mich nicht an!", wagte ich dann zu sagen, wenn er mal wieder versuchte, mich am Arm zu sich zu ziehen oder mich sonst ungefragt anzufassen. Irgendwann hatte er es jedoch zu oft ignoriert. Als er wieder mal nach mir griff, bekam ich seinen Daumen zu fassen, verdrehte ihm den Arm und riss ruckartig seinen Daumen nach hinten. Diesen Trick hatte mir Herr K, ein Jugoslawe aus der Nachbarschaft gezeigt. Er sagte, um jemanden kurzzeitig handlungsunfähig zu machen, brauche man manchmal nur einen Finger. Recht hatte er! Ricki heulte regelrecht auf und verließ die Kneipe. Ein paar Tage später kam er wieder und trug eine Ledermanschette an der Hand. Demonstrativ zeigte er mir die Hand und sagte: „Du hast mir einen Daumenkapselriss verpasst! Sieh her, Du Hexe!"

Er kam danach aber immer seltener und hatte anscheinend auch die Nase voll von mir. Gut so!

Wir hatten während meiner Tischfußballära mehrere Trainer, junge Männer zwar, aber doch wesentlich älter als ich. Der erste war wirklich nett und mit einer Frau zusammen, die einerseits zwar hässlich, andererseits aber auch sehr lieb war. Sie lud mich eines Tages ins Eiscafé ein, welches schräg gegenüber der Stammkneipe lag, um mit mir zu reden. Ich solle ihr nicht ihren Freund ausspannen, auch wenn er verliebt in mich sei. Ich würde heute noch gerne mein dummes ungläubiges Gesicht sehen wollen. Ich erwähne es nur, weil ich nicht ansatzweise gemerkt hatte, was der Trainer angeblich für Gefühle für mich hatte. Heute weiß ich, dass mir damals die Empfangsantennen fehlten, um wahrnehmen zu können, welche wie auch immer geartete Wirkung ich offenbar bei Männern auslöste. Männer um Mitte Zwanzig, die für mich doch alle steinalt waren. Hallo! Ich bin doch nur ein Kumpelchen, was wollen die denn bloß alle von mir? Ich verstand es einfach nicht. Aber selbst wenn ich es verstanden hätte, ist das keinesfalls eine Entschuldigung für übergriffiges Verhalten. Punkt!

Ein weiterer Trainer kam von der „Platt", einer Wohnsiedlung oberhalb unserer Straße. Er verstand sich auch gut mit meiner Jugendliebe.

Eines Tages spielte ich mit Britta mal wieder Tischfußball. Wir forderten öfter mal Jungs zu einem Spiel auf oder wurden dazu aufgefordert. Es ging wie so oft um ein Freigetränk. Am ersten Fensterplatz saß meine Jugendliebe mit dem Trainer zusammen. Wir waren mal wieder „getrennt". Die beiden unterhielten sich angeregt und nahmen mich des Öfteren in Augenschein. Ich versuchte daher, den vorderen Bereich der Kneipe zu meiden, als ich es bemerkte. Plötzlich tauchte mein jüngster Bruder auf und wollte mich dazu bewegen, sofort nachhause zu gehen, sonst würde er petzen, dass ich mich hier aufhalten würde. Ich war wütend und stritt mich kurz mit ihm, worauf er wutentbrannt die Kneipe verließ. Als ich mich nun mal wieder in den vorderen Bereich der Kneipe bewegte, baute sich der Trainer vor mir auf. Ich befand mich in Höhe der CD-bestückten Musikbox, die an der Wand befestigt war wie ein Spielautomat. Er stützte beide Arme breit auf der Musikbox ab, mit mir dazwischen. Er fing an, auf mich einzureden, ich solle hier nicht so alleine herumlaufen, man müsse auf mich aufpassen und ich solle auf ihn hören. Alleine? Er wollte wohl sagen ohne männlichen Begleiter. Als ich mich aus seiner Umklammerung befreien wollte, presste er mich mit seinem Körper fest an die Box. Ich hielt kurz den Atem an und ließ meine Blick durch die Kneipe schweifen, doch keiner sah zu uns herüber, und wenn, wurde sofort wieder weg-geblickt. Ich wollte mich befreien und schrie ihn an. So etwas musste man doch mitkriegen! Im nächsten Moment umarmte er mich fest, hob mich an und drückte mich so fest, dass ich keine Luft mehr bekam und mir schwindelig wurde. Er redete auf mich ein, doch ich verstand kein Wort. Wieder war da dieses Vakuum. Ich kam mir vor, wie in einem schlechten Film. Keiner kam, nie-mand schritt ein. Ich wehrte mich mit allerletzter Kraft trommelte mit meinen Fäusten auf seine Schultern und er ließ endlich los. Wutentbrannt verließ ich die Kneipe und rannte über die Brücke Richtung nachhause. Ungefähr auf halber Strecke holte mich meine Jugendliebe ein. Er redete un-gewöhnlich ruhig mit mir und sagte: „Komm, ich bringe dich nach Hause. Doch dann hielt auf der gegenüber liegenden Straße ein Golf GTI, der Wagen des Trainers. Er schrie mich an, ich solle sofort einsteigen. Ich schrie zurück, dass er wohl verrückt sei und mir fast mein Kreuz gebrochen hätte. Er raste schließlich davon und ich lief eilig und vor Wut keuchend, mein Jugendfreund im Schlepptau, weiter. Kann das wahr sein? Der krankhaft eifersüchtige Freund, der mich schon einmal geschlagen hatte, war mir als Begleiter lieber, als alternativ beim Trainer im Auto mitzu-fahren? Mein Freund erzählte mir dann, dass der Trainer ihn gefragt habe, ob er was dagegen hätte, dass er nun gerne mit mir zusammen kommen wolle. Es war alles so entsetzlich krank.

Toxisch und krank war auch die ganze Beziehung zu meiner Jugendliebe. Einmal hatte er mir mal wieder aufgelauert. Ich war dieses Mal auch einfach nur mit ein paar Freundinnen im Pferdestall gewesen. Niemals hätte ich Jungs oder Männer angesprochen oder offensichtlich geflirtet, ich dachte nicht einmal entfernt daran. Jedenfalls fuhr er so dicht vor die Kneipe und stellte sich auf die Treppe, dass ich fast gar nicht um ihn herum kam. Sofort spürte ich seine Wut und nahm bockig in seinem Auto Platz, worauf er außer Ort raste und sein Verhör begann. Mit wem ich geredet hätte, was ich getrunken hätte und wie viel davon. Ich trug eine weiße Windjacke, und mit jeder Antwort, die ich ihm zumindest mit ein wenig Reststolz so schnippisch wie möglich gab, schlug er mir mit dem rechten Handrücken kräftig ins Gesicht. Ich schrie ihn an, dass er damit aufhören solle, aber er schien sich nicht beruhigen zu wollen. Heiße Tränen sammelten sich in meinen Augen und ich musste viel Kraft aufwenden, um nicht loszuheulen. Wir waren ein Stück außerhalb des mir fremden Ortes, als ich ihn aufforderte anzuhalten, weil ich sofort aussteigen wolle, worauf er lachend anhielt und erwiderte, ich wisse ja überhaupt nicht, wo ich sei und wie ich heimkomme. Damit hatte er leider verdammt recht. Ich hatte tatsächlich keine Ahnung und lief einfach in die Richtung los, aus der wir gekommen waren. Es dunkelte bereits und nach ein paar Metern kam ein Taxi vorbei, bremste ab und fuhr im Schritttempo neben mir her. Der Fahrer rief mir aus dem Taxi zu, ob er mir helfen könne und mich irgendwohin fahren solle. Ich schüttelte den Kopf und lief weiter. Plötzlich hörte ich durchdrehende Reifen. Mein Freund raste den Berg hinunter auf mich zu und zwang mich wieder, ins Auto einzusteigen. Danach verfolgte er das Taxi. Im Zentrum dieses Ortes, an der Ampel der Hauptstrasse, kamen das Taxi und dahinter wir zum Stehen. Mein Freund ergriff einen Ochsenschwanz, den er zwischen den Sitzen eingeklemmt hatte, und stieg fluchend aus dem Wagen. Wütend klopfte er gegen die Seitenscheibe des Taxis und forderte den Fahrer zum Aussteigen auf, um ihn zu verprügeln. Zum Glück sprang die Ampel auf grün und der Taxifahrer raste davon, während ich noch ein paar Schläge ins Gesicht kassierte. Ich stumpfte irgendwie ab dabei. Wenn er nicht nach mir schlug, führte er seinen rechten Arm an meiner Kehle vorbei und drückte mit der Hand auf den Türknopf. Irgendwann spürte ich etwas Warmes über mein Gesicht laufen. Blut! Es wurde immer mehr und tropfte mein Kinn hinunter auf meine weiße Jacke. Da erschrak selbst er und hielt an einer anderen Kneipe. Ich blieb im Auto sitzen und versuchte den Kopf nach hinten zu halten, seltsam ruhig übrigens. Er kam schnell mit einer Rolle Klopapier zurück und ich begann, mir das Blut abzuwischen. Er fuhr mich danach nachhause. Ich schlich die Einfahrt hinunter, öffnete das Tor zu unserem Hof und schlich durch den Keller in die Waschküche, um die Jacke zu säubern. Ich hatte tatsächlich nichts anderes im Kopf. Bloß niemand sollte etwas von diesem Vorfall mitbekommen.

Sein Auto wurde für mich fortan öfter zu seiner Folterkammer. Ein anderes Mal sprang ich sogar auf der Landstraße in einem Waldstück zwischen zwei Nachbarorten aus dem fahrenden Auto. Es lag Schnee damals und er fuhr nicht so schnell. Ich überschlug mich dabei „wie eine Dreckschippeʹʹ, doch er stellte sich so lange mit dem Auto wieder vor mich, bis ich irgendwann wieder aufgab und einstieg.

Kurz nachdem wir zum ersten Mal intim geworden waren, fuhren seine Eltern mit seiner jüngeren Schwester ein paar Tage weiter weg. Es war glaube ich an Pfingsten. Sie hatten einen Garten in Hanglage. Am Ende des Gartens, auf dem höchsten Punkt, stand ein süßes, hübsch hergerichtetes Gartenhäuschen. Davor ein runder Swimmingpool. In diesem Gartenhäuschen hielt er mich mal drei Tage gefangen. Die Einrichtung enthielt eine Anrichte mit allem möglichen Geschirr und Deko, einen Tisch mit mehreren Stühlen und ein breites Sofa. Es fing harmlos an mit der Bitte, man könne ja darin mal schlafen und wirklich allein sein. Ich folgte ihm hinein. Doch dann zeigte sich seine wahre Absicht. Wenn er Essen holte sperrte er mich darin ein. Ich durfte nur raus, um im Keller die Toilette aufzusuchen, während er davor stand.

Er sagte, ich solle doch einsehen, dass ich ihm gehöre und er mich so lieben würde. Er weinte sogar, nachdem er mich geschlagen hatte. Sagte immer wieder, dass er mich nicht verdient habe und er sich ändern würde. Das hielt ihn allerdings nicht davon ab, mich in diesem niedlichen Häuschen zu vergewaltigen, immer und immer wieder, bis diese Scheiß Packung Schaumzäpfchen aufgebraucht war. Schwängern wollte er mich natürlich nicht. Ich durfte mich auch im Bad wieder herrichten, bevor seine Eltern wieder heimkamen. Und natürlich würde ich kein Wort darüber verlieren. Ich schämte mich ohnehin viel zu sehr.

Ich wollte mich immer wieder von ihm trennen, gleichzeitig empfand ich dennoch etwas für ihn. Mitleid? Sicher, aber was noch? Keine Ahnung! Verständnis? Hatte er mir doch erzählt, dass sein eigener Vater, ein Macho erster Güte, seine Mutter damals „erobert" hätte, die schönste Frau im Ort, die er auch später schlug. Die Kinder hätte er sogar zum „fremdgehen" mitgenommen. Man habe eine Frau zuhause besucht, ihn und seine Brüder am Küchentisch zu deren Kindern gesetzt mit der Auflage „schön zu spielen". Dann wäre der Vater mit der Frau für Minuten verschwunden. Ich selbst hatte wahrgenommen, dass seine Mutter, eine sehr nette Frau, dem Alkohol ziemlich zusprach.

Wohl immer noch fühlte ich regelrecht die Verpflichtung, nicht aufgeben zu dürfen, weil ich ja mit ihm geschlafen hatte. Anfangs ja auch freiwillig. Ich wollte das Gute in ihm sehen, was ja auch da war, ihm eine Chance geben, obwohl er mich betrog. Schon fast wieder witzig, oder? Anscheinend schon vor unserer Intimität, danach immer öfter bekam ich von verschiedenen Leuten erzählt, dass er hier und dort mit einer anderen gesehen worden war. Meist wenn ich schon zuhause sein musste. Irgendwann ließ mich das erschreckend kalt. Er war ja älter und durfte viel länger ausgehen als ich. Auch wenn seine Hand ausrutschte, kam das gar nicht mehr so richtig bei mir an. Im Gegenteil, ich wusste schon vorher, wenn ich dieses oder jenes sage und mich so verhalte, dann kracht´s. Ich stumpfte immer mehr ab. Er hatte mich gestalkt, wenn es bei uns mal wieder vorbei war. Er erschien in meiner Mittagspause mit Kollegen einfach vorm McDonalds und starrte mich von draußen an. Oder ich bemerkte ihn beim Stadtbummel ein paar Schritte hinter mir. Oder er lauerte mir wie schon beschrieben in der Auffahrt auf. Doch auch wenn meine Gefühle für ihn immer mehr verschwanden, hatte ich noch ein für mich dringliches Problem mit ihm zu lösen. Ich hatte ihm nämlich Geld geliehen, eisern gespartes Geld von mir für meinen Führerschein. Er hatte mich eines Morgens angefleht, ihm zu helfen, sonst würde die Polizei den TÜV-Stempel seines Autos abkratzen. Ich hatte ihm 350 D-Mark gegeben, eine Menge Geld für mich. Mama hatte mir ein Täschchen genäht. Sie allein wusste von dem Geld, aber nicht, dass ich es verliehen hatte. Doch er machte keine Anstalten, mir das Geld zurückzugeben.

Wir hatten übers Tischfußball neue Leute kennengelernt. Bodo hatte eine Kneipe in einem Nachbarort und eine zweite in unserem Dorf gepachtet. Zu seiner Freundin, ein paar Jahre älter als ich, sah ich ein wenig auf und fasste Vertrauen. Sie war so selbständig und hatte schon eine eigene Wohnung. Ihr erzählte ich mein Problem wegen des verliehenen Geldes und dass ich nach Rückerhalt von meinem Freund endgültig wegkommen wolle. Sie sprach mit ihrem Freund darüber und der meinte, sie könnten uns beide ja als Minijober einstellen und er würde mir dann auch den Gehaltsscheck meines Freundes geben, sodass ich so zu meinem Geld kommen könnte. Er würde das schon deichseln. So fing ich also heimlich an, in der Kneipe zu arbeiten, meist mit der Freundin des Wirtes zusammen. Den Führerschein hatte ich inzwischen nach der kurzen Übernahme im Ausbildungsbetrieb von meinem ersten Angestelltengehalt finanziert, hatte jedoch noch kein Auto. Wenn ich wie gesagt heimlich, meine Eltern sollten davon nichts wissen, mehr in der Kneipe im Nachbarort arbeitete, brachte mich immer jemand hin und holte mich ab. Eine interessante Zeit. Allerdings kam es nicht dazu, dass ich mein Geld zurückbekam. Der Wirt war eine schillernde Gestalt, doch die Kneipen liefen nicht so gut. Er konnte mir nicht mal meine Stunden korrekt bezahlen und hielt uns ständig hin.

Innerhalb meiner Arbeitslosigkeit nach der Ausbildung und dem Job in den Kneipen kam es dann auch zu einem letzten Showdown zwischen mir und meinem Freund, eine letzte Erniedrigung, danach sollte ich endlich frei sein.

Schmerz statt Scherz an Fasching

Anzeichen, dass eine Änderung ansteht, zeigen sich bei Frauen oft mit einer Typ-Änderung. Ich ließ mir von der damaligen Freundin meines Bruders, einer Friseurin, die langen Haare abschneiden, im Nacken kurz und das Deckhaar lockig. Typisch 80er-Stil und zuerst ein Schock, denn vorher hatte ich sie immer lang getragen. Aber okay, es war Fasching. Ich wollte dieses Mal selbst ein wenig Spaß haben, anstatt zu arbeiten. Die Freundin des Wirtes hatte mir schon lange in den Ohren gelegen, meine Jugendliebe endgültig zu vergessen, und mir einen netten jungen Mann ans Herz gelegt, der in einer der Kneipen öfter zu Gast war. Ich hatte für so etwas gar keinen Kopf, wollte mich eigentlich nur ein wenig ablenken. Apropos Kopf! Da ich mich etwas kahl fühlte, hatte ich mir eine von Papas Baskenmützen ausgeliehen, einen losen Schlips um, eine Longbluse und einen Stiftrock. Ich war also nicht besonders verkleidet. In der Kneipe des Nachbarortes war nicht viel los gewesen. Man holte mich gegen 21:30 Uhr dort ab und fuhr mich in die zweite Kneipe bei uns am Ort, wo ein Hausball stieg. Eigentlich war mir nicht zum Feiern zumute, aber ich tanzte sogar ein bisschen. Meine Sachen hatte ich hinter der Theke in der Küche. Da ich ja keinen Lohn bekam, konnte ich wenigstens trinken was ich wollte, ohne es bezahlen zu müssen. Der mir so angepriesene junge Mann kam auch vorbei, doch ich war einfach nicht zum Reden in Stimmung, geschweige denn, ihn kennenlernen zu wollen. Ich weiß nicht, wer meinem Freund Bescheid gegeben hatte, dass ich da war. Auf jeden Fall tauchte er plötzlich auf. Ich wollte nichts wie weg und betrat die Küche hinter der Theke, um meine Sachen zu holen. Er sprang hinterher und bedrohte mich sofort. Er drückte mich mit dem Unterarm gegen den Küchenschrank und mir den Hals zu. Als der Wirt die Küche betrat, sagte er nur: „Ach nee, nicht hier, nicht hier in meiner Kneipe!"

Das war alles. Ich nutzte den Moment, flüchtete aus der Küche über einen Nebeneingang und wollte schnellstmöglich nachhause, doch er lief hinter mir her. Unablässig beschimpfte er mich wegen meiner Frisur, nahm mir meine Mütze ab und warf sie auf die Straße. Ich weinte, war kraftlos und hatte paradoxerweise nur Angst wegen Papas Mütze, weil er sie mir ja nur geliehen hatte. Ich nahm wie so oft die gewohnte Route durch eine Wohnsiedlung, umzingelt und gegängelt von meinem Freund, der mich ständig schubste. Mehrfach landete ich auf meinen Knien. Mir war kalt, ich war kraftlos, reagierte gar nicht mehr auf ihn und lief einfach weiter nachhause. Als wir in unserer Straße ankamen, sagte er: „Ich schlafe heute bei Dir!"

Meine Eltern waren, was sehr selten vorkam, unterwegs bei Freunden, auf einer Faschingsparty. Woher wusste er, dass sie weg sein würden? Ich hatte irgendwie keine Kraft mehr, mich gegen ihn aufzulehnen. Ich schloss die Haustür auf und hörte den Fernseher. Mein jüngster Bruder saß allein im Wohnzimmer und sah einen Film. Mein Freund ging sofort vor, ging neben ihm in Hocke und sprach kurz mit ihm. Ich stellte einen letzten Versuch an, die Treppe alleine hochzukommen um in mein Zimmer zu gelangen und mich einzusperren, doch es gelang mir nicht. Er riss mir meinen Zimmerschlüssel aus der Hand und sperrte selbst von innen ab. Er entkleidete sich, legte sich auf mein Bett und winkte mir zu, ich solle zu ihm ins Bett kommen. Heiße Tränen liefen mir übers Gesicht. In einem letzten Aufbegehren verneinte ich immer wieder, öffnete plötzlich das Fenster, nahm seine Sachen, warf sie aus dem Fenster und schrie ihn an, er solle verschwinden. Die Kleider fielen aber nicht tief wegen des darunter liegenden Anbaus. Wütend stand er auf, zündete sich eine Zigarette an und zog mich an den Haaren. „Du gehst jetzt da raus und sammelst alles wieder ein, oder ich verbrenne Dich überall", bekam ich zu hören. Gedemütigt gab ich irgendwann nach und klaubte alles wieder vom

Dach. Dann zwang er mich, sich zu ihm ins Bett zu legen, natürlich nackt. Er hielt den Zimmerschlüssel fest umklammert und kam mit seinen selbst gedrehten Kippen meinen Brüsten gefährlich nah.

Ich denke an dich Rosemarie

Ich musste in der letzten Zeit immer wieder an Rosemarie, eine meiner Tanten denken, die von Ihrem Mann viele Jahre gequält und geschlagen worden war und in Folge daran auch starb. Ihre eigene Mutter, die Schwester meiner Oma mütterlicherseits, hatte sie durchs Schlüsselloch tot daliegend gesehen. Nach heftigen Schlägen seitens ihres Mannes war sie an ihrem eigenen Erbrochenen gestorben. Ihr "Mann" hatte sie nach den schweren Schlägen einfach liegen lassen und sich aus der Wohnung entfernt um saufen zu gehen.

Das war wohl die dunkelste, grausamste und traurigste Geschichte die ich kannte. Ich hatte sie gemocht und als liebe Frau in Erinnerung, später erfuhr ich, dass sie wohl ein Alkoholproblem gehabt haben soll.

Seltsam, wie die Mutter meiner Jugendliebe. Sie blieben bei ihren Peinigern und suchten Trost im Alkohol. Wie auch immer, meine Gedanken kreisten immer öfter um sie und ich sagte mir ständig, dass ich so nicht enden wolle. Auf keinen Fall!

Die Entscheidung

In besagter Faschingsnacht dachte ich, es sei wohl besser für mich, ihm zumindest scheinbar nachzugeben anstatt mich immer wieder zu wehren und nur Schläge zu kassieren. Er musste sich beruhigen und dafür musste ich zunächst mal ruhig werden. Ich lag da wie ein Embryo, fühlte mich klein. Mit ganzer Konzentration versuchte ich ruhig zu atmen und lauschte, ob er einschlief. Mein Plan war, ihm dann den Schlüssel aus der Hand zu nehmen und aus dem Zimmer nach unten zu rennen. Es gelang mir aber nicht. Er reagierte auf jede noch so leise Bewegung von mir. Die Nacht war schon weit fortgeschritten und ich nickte irgendwann vor Erschöpfung wohl ein. Irgendwann hörte ich Geräusche im Haus. Es war Morgen, es war hell. Meine Eltern waren wieder da! Endlich! Wie immer nach solchen Ausbrüchen war mein Freund seltsam ruhig und verhielt sich schuldbewusst. Als auch er, mich immer noch umschlingend aufwachte, beugte er sich fast liebevoll über mich und fragte: „Alles okay? Ist alles wieder gut zwischen uns? Bitte verzeih mir, tut mir leid."

Ich sah mich meinem Ziel so nah, wusste, dass es am schlauesten sei, einfach mitzuspielen. Ich erwiderte: „Ja, okay, aber wir müssen reden."

„Klar", meinte er, aber wir wären nun einmal zusammen und er wolle auch für immer mit mir zusammen sein. Er würde sich ändern, versprochen, ich solle ihn nur nie wieder verlassen wollen. Alles schon zigmal versprochen und gebrochen.

„Na gut", sagte ich, dafür müsse ich aber jetzt vor allem wieder Vertrauen fassen können. Das ginge aber nicht, wenn er mich hier in meinem eigenen Zimmer festhalten würde. Wir zogen uns an. Außerdem müsse ich dringend auf die Toilette, worauf er erwiderte: „Klar, ich sperre auf und gehe mit."

Jetzt kam der für mich kritischste Moment. Ich sagte wieder: „Oh nein, bitte nicht, du vertraust mir also doch nicht. Wie soll das künftig mit uns weitergehen?"

„Pass auf, ich beweise dir mein Vertrauen. Bleib bitte sitzen, ich sperre auf, öffne die Tür und wir reden dann weiter. Okay? Aber bitte bleib sitzen."

Ich nickte und er sperrte die Tür auf. Was dann von ihm kam, kann ich gar nicht mehr wiedergeben. Ich starrte nur auf die offene Tür, erhob mich dann langsam, ging Richtung Tür und sagte so was wie: „Ja, wir fangen ganz neu an, du und ich. Ich gehe nur auf die Toilette." Ich verließ dann das Zimmer, sprang an der Toilette vorbei die Treppe runter und öffnete die Tür zu unserer Wohnküche. Das vertraute Gesicht von Mama war zu sehen. Welch ein Glück, das genügte mir.

Ich drehte mich postwendend um zur Treppe und schrie hinauf: „So, und jetzt mach, dass du raus kommst, du Drecksack, und lass dich hier nie wieder blicken." Dann schlüpfte ich in die Küche und stellte mich mit dem Rücken an den warmen Heizkörper, die Küchentür im Visier. Mein Herz raste, als ich ihn die Treppe herunterkommen hörte und er die Küchentür rasant öffnete. Er stockte erst als er meine Mutter wahrnahm. Er starrte mich nur wütend an als ich ihn anschnauzte: „Verschwinde, na los!"

Es war das erste Mal gewesen, dass ich vor meinen Eltern also quasi offiziell Schluss mit ihm gemacht hatte, und es war dann auch endlich vorbei.

Mama drehte sich vom Herd um, wischte sich die Hände ab, sah mich an und sagte nur: „Na endlich!" Was hatte sie wohl alles mitbekommen?

Eine Stunde später ging ich auf den Balkon und rief Papa im Garten zu: „Ich brauche Dein Auto." Eigentlich witzlos ihn zu fragen, zumal ich ein blutiger Fahranfänger war.

Er sah mich länger an, sagte kein Wort und warf mir seinen Schlüsselbund hoch. Wow, ich hätte nie gedacht, dass er mir sein Auto tatsächlich geben würde. Ich hatte vor, alle meine Sachen, überwiegend Klamotten und Kleinkrams, bei meinem Jungendfreund einzusammeln, den Bruch vollends zu vollziehen. Papa hatte wohl wortlos verstanden wie wichtig das, was ich vorhatte, für mich war. Ich fuhr die paar Straßen zum Elternhaus meines Freundes und klingelte. Ich hatte richtig getippt, dass er nicht da sein würde. Seine Mutter zeigte sich bestürzt, als sie öffnete und mit mir ins Kinderzimmer ging, wo ich meine Sachen schnell zusammenraffte. Sie meinte, ja da wären zwar so einige andere Mädels gewesen, aber mich hätte er heiraten wollen. So schade, sie wäre sich so sicher gewesen, dass wir zusammen bleiben würden. Er hätte mich ja so geliebt.

Es kam zeitnah noch zu einem Treffen mit ihm, als er wieder in der Kneipe auftauchte, in der ich ebenfalls als Gast an der Theke saß und meinen Scheck vom Wirt für geleistete Stunden abholen wollte. Ich hatte angefangen, mich mit dem jungen Mann zu treffen, den mir Kirsten, die

Freundin des Wirtes ja immer wieder ans Herz gelegt hatte. Nennen wir ihn M. Er hatte in der Woche allerdings Mittagsschicht. Und genau das flüsterte mein Ex mir ins Ohr: „Na, wo ist denn dein Aufpasser? Hat er Mittagsschicht?" Bis heute wundere ich mich darüber, wieso er immer über solche Details Bescheid wusste.

Ich weiß nicht mehr, was ich darauf antwortete. Seine Drohungen wie: „Ich hole dich vom Bordstein, wenn ich dich nicht haben kann, soll dich keiner haben!", zeigten aber zusehends keine Wirkung mehr.

Warum? Weil ich mich endlich von dem Irrglauben verabschiedet hatte, dass eine Frau „den Ersten" heiraten muss. Ich wusste, dass ich deshalb nun keine Schlampe war. Dass ich niemals jemanden ermutigt hatte, mir was anzutun, weder durch meine Klamotten noch mit Worten. Ich nahm mir vor, mich niemals wieder zu irgendwas zwingen zu lassen.

Meine geliebte Mama hatte auch Ihren Anteil daran. Ich konnte bis auf meine intimsten Geheimnisse eigentlich sehr gut mit ihr reden. In einem Gespräch hatte sie mir mal erklärt, dass es nicht schlimm sei, wenn es mit dem Ersten nicht klappen würde. Wenn man sich nicht mehr verstehe, dann sei das eben so. Man solle Sex allerdings nicht als Sport betreiben, sondern immer eingebettet in eine liebevolle respektvolle Beziehung. So oder so ähnlich. Sie wusste nahezu nichts von den Geschehnissen und doch hatte sie mir bewusst oder unbewusst die Absolution erteilt und damit auch die Kraft, mich von meiner toxischen Jugendliebe für immer zu lösen.

Es sollte jedoch noch Jahre dauern, bis ich mir selbst verzeihen konnte, dass ich in meinen Augen nicht an meine Mutter ran reichte. Dass ich nicht so eine tolle selbstlose Mutter sein konnte, als Vollzeitmama und Hausfrau einfach nicht glücklich war und arbeiten wollte. Und dass dies auch total in Ordnung war.

Die Bombe

Nun fehlt eigentlich nur noch die Auflösung bezüglich der Bombe, die ich ziemlich zu Anfang mal erwähnt hatte und die mich in jüngerer Vergangenheit unvorbereitet traf und zutiefst erschütterte.

Nach all diesen Ereignissen begann ich mich schrittweise zu verändern, vor allem innerlich. Ich begann damit, mich aufzulehnen. Beginnend zuhause gegen meinen Vater, der damals in traditioneller Manier als Familienoberhaupt und "Versorger" auftrat. Ich gab Widerworte, verwickelte ihn in Diskussionen und stichelte an meiner Mutter herum, sich nicht so unterbuttern zu lassen.

Ich strebte nach Anerkennung und Respekt, den die Frauen in meiner Familie und auch in meinem Umfeld oft nicht bekamen. Es gab zwar noch einige Rückschläge, aber ab meinen 20igern ging es langsam bergauf und ich legte mir eine Elefantenhaut zu. Bezüglich meiner traumatischen Erlebnisse arbeitete ich mit Verdrängung.

Fortan verlief mein Leben relativ normal, Ehe, Kinder, leider auch Scheidung ... nichts Besonderes. Es gab zwar noch einige Dramen, aber um die soll es hier nicht gehen.

Aber ich schweife ab. Man möge es mir nachsehen, aber gerade während ich mich dem Hauptthema dieses Kapitels und damit meinem Vater nähere, springen mich sehr lebhaft, sogar in Bild und Ton, Erinnerungen an. Verstörende Szenen laufen gnadenlos vor meinem geistigen Auge ab. Es ist noch so viel Schmerz da, hört das jemals auf?

Zurück zum Thema: Wie in unser aller Leben kommt einmal die Zeit, dass unsere Eltern hinfälliger werden und wir uns vermehrt um sie kümmern müssen. So auch in unserer Familie. Sie leben beide nicht mehr und sind für immer in meinem Herzen. Besonders meine Mutter hatte zahlreiche gesundheitliche Einschränkungen. Es war so um 2011 herum. Ich arbeitete damals erneut beim Arbeitsamt und besuchte meine Eltern nach der Arbeit täglich. Ich ging mit meiner Mutter duschen, richtete die Medikamente und unterstützte ein wenig meinen Vater im Haushalt, da er selbst nicht mehr so auf dem Damm war. Er weigerte sich jedoch trotzig und stolz wie er war, sich um eine notwendige OP zu bemühen, obwohl er kaum noch eine Treppe hochkam.

Ich war mit unserer Mutter zur Toilette gewesen und wollte sie nun waschen und frisch machen. Ich suchte im Badeschrank nach Einlagen und bemerkte dabei wie wenig davon noch da waren. Da flüsterte meine Mutter mir zu, dass mein Vater die fast mehr brauchen würde als sie selbst. Erstaunlich! Auch das hielt er vor uns geheim. Meine Mutter litt damals an einer bestimmten Form von Demenz und war oftmals sehr kindisch und Dinge, die sie vorher niemals ausgesprochen hätte, kamen ihr nun wie von selbst über die Lippen. „Ja, ja, dein Vater. Manchmal liege ich nachts wach und bemerke, wie er neben mir wimmert und weint wie ein kleines Kind! Der hat auch Schlimmes erlebt, ich weiß alles!"

Was meinte Sie damit? Nicht nur, dass er von jeher eher Probleme hatte, Emotionen zu zeigen, war ja "unmännlich". Darüber zu sprechen war ein absolutes No Go. Erst nach weiteren Unterhaltungen mit meiner Mutter offenbarte sie mir dann: „Ihm ist das gleiche passiert wie dir! Aber sag´s keinem!"

Diese Bombe traf mich im Innersten. Ich hatte ein eher schwieriges Verhältnis zu meinem Vater gehabt. Mochte sein Macho-Gehabe nicht, seine negative Grundeinstellung Frauen, Fremden, überhaupt allen Menschen gegenüber.

Er konnte einen immer nur klein machen. Seine schärfsten Waffen waren immer seine Worte gewesen. Er hat mich niemals geschlagen. Aber sehr oft verletzt, tief verletzt. Als ich klein war, hatte er zum Beispiel, wenn wir alle am Tisch saßen und ich fragte, wem ich denn ähnele, öfter sehr abfällig geschaut und dann gesagt: „Du? Pah, dich haben wir auf der Straße in der Regenrinne gefunden, schau dich doch mal an!" Und dann ein Petzauge in die Runde seiner Söhne! Als Kind habe ich das geglaubt! Ich fühlte mich ausgegrenzt. Tja in der Tat sah ich ihnen nicht ähnlich, sie alle hatten braune Haare und Augen. Ich dagegen war viel heller und hatte grün-braune Augen.

Und jetzt das!

Er war ein Opfer, ein Überlebender wie ich. Über die Jahre hatten wir ein Auskommen gefunden. Auch wenn es immer wieder schwierige Momente gab. Irgendwann wuchsen sie sich aus, besonders in meinen erwachsenen Jahren als geschiedene, allein erziehende und Vollzeit arbeitende Mutter, hat er mir geholfen, wenn ich ihn brauchte. Besonders warm war der Umgang jedoch nie, aber immerhin, ich hatte mir Respekt erarbeitet.

Erarbeitet - das Stichwort. Oh mein Gott, wenn ich schon sehr schwer verarbeiten konnte, was mir damals passiert war, wie ging es wohl ihm damit? Im Krieg geboren und weggegeben ins Heim, Kind der Schande, da seine Mutter ihn ledig geboren hatte. Der Kindsvater im Krieg gefallen. Als Pflegekind angenommen von Leuten, die damals offiziell dazu aufgefordert wurden, da sie kinderlos waren. Die aus Pflichtgefühl meines Vaters bei uns gewohnt hatten.

Mein Peiniger von Stiefopa hatte auch sein ihm anvertrautes Pflegekind - meinen Vater - missbraucht. „Ein dreckiger, verfluchter Kinderschänder" war noch mit das harmloseste was mir dazu einfiel. Und er war einfach so davon gekommen! Weil wir schwiegen.

Mich durchfuhr eine heiße Welle von Mitgefühl und Liebe für meinen Vater und ich suchte zeitnah das Gespräch zu ihm. Ich musste ihn das wissen lassen, dass ich ihn endlich besser verstand. Dass er, gerade als Mann seiner Generation, nicht drüber reden konnte, er immer noch darunter litt, wie auch ich, er auch wie ich nur eine Rüstung trug. Wenn, musste das Gespräch in einer Umgebung stattfinden, in der er nicht gezwungen war, mich anzusehen.

Wenn ich bei Mama war und nach ihr sah, ging er oft in den Garten. Er liebte seinen Garten. Ich fasste Mut und suchte ihn dort auf. Er war gerade dabei ein Beet zu harken und vom Unkraut zu befreien.

Keine Ahnung mehr, wie ich das Gespräch begann. Ich deutete an, dass Mama mir erzählt hatte, dass er nachts sehr unruhig war und sie mir gestanden hätte, dass auch er missbraucht worden war.

Er stockte kurz und begann hektischer das Beet zu bearbeiten. Er atmete schwer ... Ich fing an zu heulen und fragte ihn, warum er mir das nicht früher gesagt hätte, als auch mir das passiert war. Ich hätte ihn doch viel besser verstanden. So habe ich immer geglaubt, ich wäre nicht gewollt und nicht so respektiert worden wie meine Brüder. Nie hätte er mich gelobt usw.

Dann kam es wohl zu der schönsten Liebeserklärung, zu der er im Stande war. Er hätte darüber nur mit Mama reden können, auch seine Stimme brach. Er würde alles, wirklich alles für mich tun. Er wäre sehr stolz auf mich und würde mich auch über alles lieben. Er habe uns Kinder stark machen wollen. Selbstverständlich kamen keine Details zur Sprache, warum auch. Während des ganzen Gesprächs sahen wir uns nicht an, mein Blick war seitlich von ihm weg auf einen Rosenstrauch gelenkt, der sich am Haus hochrankte. Es war surreal und es endete abrupt. Ich verließ ihn und ging wieder nach oben, da ich wusste, wie schwer ihm das gefallen war und dass er wohl allein sein wollte.

Resumée

Ein junger Mensch, der dies heute liest, wird sich vielleicht wundern, wie das alles passieren konnte. Auch ich schaue selbst auf mich als jungen Menschen zurück und komme nur zu dem Entschluss, dass ich das alles durchmachte, weil ich mich allein fühlte, mitten in einer großen Familie.

Ich dachte ich müsse alles alleine bewältigen. Ich hatte kein Vertrauen in meine eigenen Gefühle, die mir ja recht stark aufzeigten, dass das, was mir geschah, nicht richtig war. Ich schämte mich und war einfach sprachlos. Ich gab mir die Schuld und hatte keine Selbstachtung, kein Selbstwertgefühl.

Das Gefühl der Unzulänglichkeit, nicht zu genügen, ist bis heute ein Gefühl, welches mich sehr oft überfällt. Nun bin ich sicher kein Einzelfall. Mir fiel einmal der Begriff „Duckmäusergeneration" ein, um in einem Wort zu beschreiben, wie wir erzogen und konditioniert wurden damals.

Zum Ende hin frage ich mich ob es das Richtige war, alles niederzuschreiben? Die Texte sind auf die Tatorte und Personen konzentriert, die neben mir die Hauptdarsteller in diesen Situationen waren. Es gab noch einige für mich harmloser empfundene Situationen. Aber ich glaube dass auch die hier geschilderten, einfach zu viele sind für ein einzelnes weibliches Wesen, die mich für mein ganzes Leben sehr geprägt und beeinflusst haben.

Mit trauriger Gewissheit gibt es da draußen unzählige Menschen, die weitaus Schlimmeres erlebt haben. Aber eins ist sicher: Es war und ist immer zu viel!

Mich hat es nicht zerstört, was ich erlebt habe, aber doch gestört in meiner Entwicklung als Kind und Heranwachsende. Vor allem meine Fähigkeit, zu vertrauen und mich selbst zu lieben, wurde nachhaltig beeinträchtigt.

Aber okay, ich arbeite bis zum heutigen Tag daran.